ullstein

Das Buch

Ein Toter und zwei Lebende auf einem Bild. Vater, Mutter, Kind. Dieses Foto hätte es so nicht geben dürfen – und doch hing es wie selbstverständlich jahrzehntelang in dem alten Haus, in das Svea mit ihrem Neugeborenen einzieht. Während sie mit ihrem eigenen Leben hadert, ist Svea fasziniert von Helene, der Frau auf dem Bild. Sie forscht ihr nach und findet so einen Weg aus ihrer Einsamkeit.

Die Autorin

Ada Dorian, geboren 1981 in Hannover, studierte Literaturwissenschaften und Philosophie in Osnabrück, wo sie heute wieder lebt.

2016 war Ada Dorian für den Ingeborg-Bachmann-Preis nominiert.

Von Ada Dorian sind in unserem Hause
bereits erschienen:
Betrunkene Bäume
Die Zähmung der Tiere

ADA DORIAN

Roman

SCHLICK

Ullstein

Besuchen Sie uns im Internet:
www.ullstein-buchverlage.de

MIX
Papier
FSC® C083411

Ungekürzte Ausgabe im Ullstein Taschenbuch
1. Auflage Juli 2019

Umschlaggestaltung: zero-media.net, München,
nach einer Vorlage von Büro Jorge Schmidt, München
Titelabbildung: © Javier Mayoral
Foto der Autorin auf Seite 1: © Melanie Hauke, Berlin
Satz: L42 AG, Berlin
Gesetzt aus der Berkeley Oldstyle
Druck und Bindearbeiten: CPI books GmbH, Leck
ISBN 978-3-548-29098-0

Für Karoline

Jeder Stein dieses Hauses hat gesehen,
wen ich liebe.

DIE GOLDENE BRILLENKETTE lag schlaff auf dem Nachtschränkchen, bildete Schlaufen bis hin zu den brüchigen Gummiringen, die sich an den Bügeln festhielten. Ein großer Fingerabdruck, vielleicht der eines Daumens, vielleicht der einer Schwester, die beim Absetzen der Brille zu beherzt zugegriffen hatte, ließ das linke Glas blind erscheinen. Daneben die angelaufenen Perlohrringe mit ihren goldenen Steckern, geschwärzt vom häufigen Tragen, in der Rille zwischen Perle und Metall das, was von einem Menschen täglich abfällt, ein schmaler brauner Ring aus Haut und Puder. Einer der beiden Verschlüsse fehlte. Wahrscheinlich war er am Abend zu Boden gefallen, die Reinigungskraft hatte ihn am Morgen mit aufgewischt, und jetzt schlingerte er im Wasser eines Putzeimers, zwischen Staub und Flusen. Oder das Wischwasser war längst entsorgt, in einen der Ausgüsse der vielen Wirtschaftsräume geschüttet, auf jeder Station gab es einen. Erst in vielen Jahren würde jemand einen der Abflüsse öffnen und etwas wiederfinden, das längst keinem mehr gehörte.

Edith erwachte von ihrem eigenen Husten. Sie nickte Svea zu, bevor sie ihre Stimme gefunden hatte und leise *hallo* sagte. Svea stand auf und hielt Edith die Schnabeltasse an den Mund. Widerwillig schüttelte sie den Kopf und presste die Lippen zu einem schmalen Strich zusammen. Svea nahm die Fernbedienung und schaltete den Fernseher ein. Die Geräuschkulisse machte Edith munter. Das Flattern ihrer Lider verstärkte sich und Svea half ihr, sich im Bett aufzusetzen.

»So viel Besuch«, sagte sie, räusperte sich, fand ihre Stimme nicht und benutzte eine andere, »hätte ich zu Lebzeiten gerne gehabt.«

»Schorsch war hier«, stellte Svea fest. Auf der Fensterbank stand ein großer Strauß Gerbera, daneben lagen eine spitze Papiertüte und drei Schokoriegel.

»Das ganze süße Zeug, wer soll das essen? Nehmen Sie es mit?«

Svea nickte. »Schorsch meint es nur gut.«

Sie öffnete die Papiertüte und steckte sich ein saures Stäbchen in den Mund. Svea kniff die Augen zusammen und schüttelte sich.

»Sehen Sie, ungenießbar«, sagte Edith.

Im Fernsehen war eine Dokumentation zu sehen, in der Eisberge im Meer versanken. Der Sprecher nannte Zahlen, die den Klimawandel manifestierten. Rauschend glitten die Kolosse ins Wasser, das von den Lautsprechern übertragene Geräusch hallte in dem nackten Zimmer.

»Interessant«, sagte Svea und vermied dabei, Edith anzusehen.

Edith zuckte kraftlos mit den Schultern. »Ich sehe lieber eine gut erzählte Geschichte. Diese vielen Fakten machen mich ganz wirr.«

»Soll ich es ausschalten?«

Edith schüttelte den Kopf. »Vielleicht machen Sie den Ton aus, dann können Sie mir was erzählen.«

Die entsprechende Taste auf der Fernbedienung war abgegriffen, das Lautsprechersymbol kaum mehr zu erkennen. Dreimal musste Svea drücken, bis der Fernseher reagierte. Lautlos trieben nun die Schollen im endlos wirkenden Blau.

»Wo ist überhaupt der kleine Mann?«

Svea lächelte. »Hier unten.« Sie hob die Trage hoch, in der Linus schlief, und stellte sie zu Ediths Füßen auf das Bett.

Edith kniff die Augen zusammen, betrachtete das schlafende Kind. »Schade, dass man sich selbst nicht mit geschlossenen Augen sehen kann. Es ist ein schöner Anblick, so friedlich.«

»Warten Sie, bis er blinzelt. Dann ist der Frieden vorbei.«

»Das kann ich mir vorstellen«, Edith lachte gurgelnd. »Und der Hund, ist er noch da?«

»Nein, er kommt nicht mehr.« Svea blickte zum Bildschirm hinauf, um Edith nicht ansehen zu müssen. Eismassen verschoben sich lautlos gegeneinander, erzeugten Wellen, die scheinbar im Gehäuse des Fernsehers schwappten.

»Sie hätten ihn füttern sollen, dann wäre er noch da.«

Svea schüttelte den Kopf. »Daran hat es nicht gelegen.«

DURCH DIE GEÖFFNETEN Fenster war die entfernte Autobahn wie Meeresrauschen zu hören. Doch Svea ließ sich nicht täuschen. Sie fingerte im Ausguss des Waschbeckens. Mithilfe einer Gabel zog sie scheinbar endlos lange Haare aus dem Siphon. Sie waren dunkel und ihrem eigenen Haar so unähnlich, dass sie schauderte. Die schleimige Masse, die an den Zinken hing und stank, ließ sich tief im Innern nicht lösen. Sie bekam das Übel nicht zu fassen. Als wäre ein ganzer Mensch mit Haut und ebendiesen Haaren in dem Rohr verendet.

Die Nacht war endlos gewesen, langweilig und entkräftend zugleich. Sie hatte wachgelegen und an die andere Seite der Welt gedacht. In Gedanken war sie dorthin gereist, in den Tag, ins Licht. Sie fand Christian in der vermuteten Helligkeit, im Tag auf der abgekehrten Seite der Erde. Wie vor einem Spiegel stand sie vor ihm. Sein Gesicht war nah, sie konnte seinen Atem auf ihren Lippen spüren, konnte ihn riechen. Sie spürte das Versprechen von Wärme. Sein Gesicht, sein Geruch, seine Wimpern. Svea sehnte sich nach seinen Augen mehr als nach seinem Mund, sie sehnte sich danach, von ihm gesehen zu werden. Und sie hoffte, dass er etwas anderes in ihr sah als sie in sich selbst. Svea wollte zu ihm, zu dem, der ferner nicht hätte sein können in diesem Augenblick. Sie wollte seine Lider küssen, nicht seine Lippen, wollte, dass diese Augen ihr gewogen waren. Doch noch bevor sie seine Haut berühren konnte, hatte er sich aufgelöst, war in der Dunkelheit um sie herum nicht mehr existent.

Sie konnte sich nicht daran erinnern, in der Nacht aufgestanden zu sein, sich bewegt zu haben, auch wenn das nicht sein konnte. Als hätten nur ihre Lider geschlagen, als wären nur ihre Blicke gewandert, von links nach rechts entlang der Deckenvertäfelung. Wie dicht Erschöpfung und das Gefühl von Reglosigkeit beieinander liegen konnten. Alles wirkte wie verlangsamt. Die Nacht hatte sich lediglich in Zeitlupe vorwärtsbewegt, war dem Zeiger ihres Weckers hinterhergeschlichen. Der warme Morgen kündigte bereits die Hitze an, die selbst für den Monat Juli ungewöhnlich war. Sie ließ von dem Waschbecken ab, schloss die Badezimmertür, als könne der Geruch ihr folgen, und stieg die Treppe hinunter. Durch die geöffnete Schlafzimmertür hörte sie das Baby schreien.

In den vergangenen Wochen hatte sie gelernt, die Ohren taub zu stellen. Sie hielt sich die Ohren nicht zu, drückte nicht den Zeigefinger in die Ohrmuschel, sondern verschloss sich von innen. Sie schaltete das Geschrei ab. Es funktionierte wie der Ausweg aus einem Albtraum. Sie musste nur fest genug jeden Muskel ihres Körpers anspannen, und schon war es still. Dass es nicht wirklich still war, sie nur sich selbst zu täuschen vermochte, merkte sie spätestens bei der nächsten Unachtsamkeit. Ein entspannter Gesichtsmuskel, eine erschlaffende Hand, und schon war sie wieder in der Wirklichkeit.

Sie hatte alles versucht. Drei Tage und Nächte hatte sie das Kind herumgetragen. War treppauf und treppab gelaufen, hatte geschuckelt und gesungen, den kleinen Körper fest gewickelt und wieder befreit. Sie hatte den winzigen im Schrei verzerrten Mund zum Trinken animiert, ihm ihre Milch angeboten. Schlaftrunken hatte sie nachts mit schwindender Kraft das Kind durch den aufgeheizten Garten getragen. War unter den alten Apfel- und Pflaumenbäumen im Kreis gelaufen, vorbei an den Rosen, die selbst nachts einen benebelnden Duft verströmten. War die Stufen zur Terrasse rauf und wieder runter gestiegen, hatte Kornkreise in das hohe Gras getreten.

In einer der durchwachten Nächte hatte ein Hund in der Dunkelheit am Zaun gestanden. Sie hatte ihren federnden Gang durch den Garten unterbrochen, innegehalten und das Tier angesehen. Die Müdigkeit lenkte ihre Gedanken, und so meinte sie, dass dieser Hund auch sie ansah, sie wirklich betrachtete, sie und Linus. Und sie fragte sich, was er sah. Svea machte einige schnelle Schritte in Richtung Zaun, woraufhin die Augen des Tieres im Dunkeln abtauchten. Lediglich ein Rascheln verriet, in welche Richtung es verschwand. In dieser Nacht war Svea durch das hohe Gras am Rande der überwucherten

Beete gelaufen, bis ihre Beine von Mücken zerstochen waren.

Erschöpft kramte Svea in den Kisten und Kartons, die sie in der Speisekammer verstaut hatte. Sie fand einen Grillspieß, der noch aus Christians Wohngemeinschaft stammen musste. Da sie nichts auftreiben konnte, das ihr tauglicher erschien, stieg sie die Treppe wieder hinauf. Im Ausguss stand noch immer der Rest des Waschwassers. Seit das Kind da war, fiel ständig Wäsche an. Bei den Temperaturen wäre alles schnell getrocknet, doch die Waschmaschine war noch nicht angeschlossen, Christian hatte es vor seiner Abreise vergeblich versucht. Svea fragte sich, wie das werden sollte, sie beide, nein, sie drei, in diesem riesigen Haus, und nichts funktionierte. Nachdem das Waschbecken in der Küche und anschließend auch das im Keller, ihr Schmutzwasser zu fressen verweigert hatten, war nun auch der Abfluss im großen Bad verstopft. Morgen würde sie sich über der Badewanne die Zähne putzen müssen, anschließend das Kind darin baden und später die vollgespuckten Tücher darin auswaschen. Sie betete, dass wenigstens die Wanne ihren Zweck erfüllen würde, bis Christian wieder da war. Drei Wochen noch. Svea beugte sich über den Ausguss, ballte beide Fäuste um den Spieß und stocherte senkrecht im Schlick. Aus dem Siphon war ein Gurgeln zu hören, und der Wasserspiegel sank um wenige Zentimeter. Sie versuchte es noch einmal, doch der Knoten aus Haar und Seife schien sich in der Tiefe verhakt zu haben.

Svea dachte an Annika und daran, was sie von alldem halten würde. Annika, die immer alles im Griff hatte. *Das darfst du nicht.* Einer von Annikas Lieblingssätzen. Schon als Jugendliche hatte sie das oft gesagt. *Wie kannst du nur?* Auch so ein Satz. Als wäre sie Sveas Mutter und nicht die kleine Schwester. Opas Zigaretten hinter dem Gartenhaus rauchen. *Das darfst du nicht.* Bauchfrei in die Diskothek. *Das darfst du nicht.* Ausziehen, Party machen, das Studium schleifen lassen, viele Männer haben, schwanger sein, ohne feste Partnerschaft. *Das darfst du nicht.* Ihre Schwester sagte es nicht, um ihr etwas zu verbieten – auch Annika wusste, dass sie das nicht konnte –, sondern um ihre Zugehörigkeit zu den Eltern zu betonen. Svea war meilenweit von ihnen dreien entfernt gewesen, immer schon. Annikas klare Stimme, eine Nichtraucherstimme, die jünger klang, als sie es war, hallte in ihrem Kopf nach.

Nur ein einziges Mal war Svea in Annikas Haus gewesen. Ein adrettes Haus, Neubau, mit einem von den Pflasterarbeiten übriggebliebenen Sandberg im Garten.

»Wird Montag abgeholt«, hatte Annika sich entschuldigt, »da kommt dann der Teich hin.«

Da waren die Zwillinge gerade geboren. Zu ihrer Taufe hatte es für Svea keine Ausrede gegeben, obwohl sie nicht Patentante wurde. Annika hatte sie nicht gefragt, und Svea war froh darüber gewesen. Als Einzige hatte sie an diesem Tag schon vor elf Uhr morgens Wein getrunken.

Svea konnte sich nicht helfen. Der riesige Flachbildfernseher ließ darauf schließen, wie Annika und Jan ihre Abende verbrachten. Svea verabscheute die Langeweile, für die ihre Schwester sich entschieden hatte. Annika benahm sich schon jetzt älter, als Svea jemals werden wollte.

Wenn sie sich ansah, wie Annika lebte, wollte sie Dinge sagen wie: *Das darfst du nicht*, du wirfst dein Leben weg. Und: *Wie kannst du nur*, es langweilt mich schon beim Zusehen zu Tode.

»Jetzt machst du es wie Mama und Papa« war alles, was sie sagte. Annika hatte sich angegriffen gefühlt und Svea gebeten zu gehen. Seitdem hatten sie sich nicht gesehen. Annika würde sie von sich aus nicht wieder in ihr Haus einladen. So viel war klar.

Ihre Mutter hatte Svea vor dem Ende der Feier nach Hause gefahren. Mit einem einzigen Satz hatte sie den Lebensstil der gesamten Familie in Frage gestellt. Ursel, die von der Kritik ebenso getroffen war, schien in diesem Augenblick weit weg zu sein, obwohl sie neben Svea im Wagen saß.

Svea stocherte im Ausguss und fluchte leise. Sie legte den Spieß auf die Ablage oberhalb des Waschbeckens und sah in den Spiegel. Dieser zeigte jemanden, den sie seit Tagen nicht gesehen hatte. Bis auf die prallen Brüste fand sie sich mager, geradezu ausgezehrt. Ihre Wangen waren eingefallen, und die Schatten unter ihren Augen schimmerten bläulich. Es sah aus, als würde sie durchsichtig werden, sich auflösen. Und das lag nicht nur daran, dass sie übermüdet war. Schlafentzug konnte sie wegstecken, das wusste sie.

An der Uni hatte sie ihre Tage, und mehr noch ihre Nächte, vor allem mit müde dreinblickenden Langzeitstudenten verbracht. Sie hatte unregelmäßig Vorlesungen besucht und in einer winzigen Wohnung mit nur einem einzigen Zimmer gewohnt. Christian, den sie am Anfang lediglich aus der Ferne beobachtete, hatte stets ausgeschlafen gewirkt. Nicht, dass es nicht genügend andere fleißige Studenten an der Uni gegeben hätte, jene, die deutlich vor c.t., also bereits zur vollen Stunde in den Sälen saßen, mit den abgetippten und ausgedruckten Mitschriften der letzten Vorlesung. Jene, die um acht Uhr bereits gekämmt waren, gefrühstückt hatten und die Tüte mit Kaubonbons abwiesen, die Svea während der endlosen Monologe der Lehrenden durch die Bankreihe reichte. Christian jedoch gehörte weder zu den Strebern noch zu den Langzeitstudenten, die ihr Geld damit verdienten, dass sie nachts in Clubs an der Garderobe arbeiteten, oder besser noch, an der Bar.

Christian, das hatte sie beobachtet, bestellte in der Mensa nie das Kateressen wie die Jungs, mit denen

Svea den Tisch teilte. Wenn Svea in der Mensa ein oder zwei Plätze hinter ihm in der Schlage stand, hörte sie, wie er Gemüseeintopf oder das Wochenangebot bestellte. Niemals bestellte er Currywurst mit Pommes oder die bei Sveas Freunden so beliebten Germknödel mit Pflaumensauce, die im Magen den Tequila der Nacht aufsogen. Auf den unzähligen Uni-Partys war er stets anwesend, hielt sich jedoch still und nie in Gesellschaft von mehr als zwei Freunden im Hintergrund.

Christian wandelte zwischen den Welten. Mit seinen tiefdunklen Augen und dem dunklen, kurzgeschnittenen Haar war er das Gegenteil von Svea, die sich von nordischen Typen gelangweilt abwandte, sah sie in deren blauen Augen doch immer nur sich selbst. Sie hatte die Hälfte ihres Studiums damit verbracht, auf Partys zu gehen und in der Mensa gegen zwölf Uhr ihren Tag mit einem Germknödel zu beginnen.

Erst als sie eines Morgens gegen acht Uhr aus irgendeinem Bett in irgendeiner Wohngemeinschaft nahe der Uni gekrochen war, um auf ihre eigene Matratze zu wechseln, und sie ihn sah, der bereits allein vor dem Vorlesungsgebäude stand und rauchte, fand sie ihre bisherige Tages- und Nachtgestaltung in Frage gestellt.

»Hey«, hatte sie gesagt, obwohl sie wusste, wie sie aussehen musste. Wirres Haar, gerötete Lippen von den letzten betrunkenen Küssen im dunklen Zimmer am frühen Morgen.

»Hallo«, sagte Christian, dessen Namen sie zu diesem Zeitpunkt noch nicht wusste, und hielt die Zigarette so, dass sie den Rauch nicht abbekam.

»Schon zur Vorlesung?«, fragte sie und versuchte einen nüchternen Eindruck zu machen.

Christian schmunzelte. »Du nicht?«

Svea schüttelte den Kopf und geriet dabei aus dem Gleichgewicht.

»Vorsicht«, sagte Christian und griff nach ihrem Arm.

»Geht schon.« Zögernd stand sie vor ihm. »Ich geh dann mal.«

Christian nickte und zog an seiner Zigarette.

Im Gehen drehte Svea sich um, schwankte erneut und sah ihn an. »Was ist heute das Tagesgericht?«

»Schnitzel und Salzkartoffeln«, antwortete Christian.

»O.k.«, sagte Svea, »um zwölf?«

»Um zwölf.«

Fortan saß Svea nur noch selten bei den Jungs, deren Jacken morgens noch nach dem Rauch der Nacht rochen. Zwar teilte sie weiter das Bett mit ihnen, verbrachte die Nächte in Bars, doch spätestens um zwölf Uhr saß sie mit Christian an einem Tisch mit Blick auf den Universitätspark und ließ sich erzählen, was er am Morgen in den Vorlesungen gelernt hatte. Und es störte sie nicht, dass sie von dem, was Christian ihr erzählte, kaum etwas verstand. Er studierte Wirtschaft und Medien, sie hingegen Philosophie und Literatur.

Und bei all den Daten und Fakten, die er aufzählte, erschien Svea ihr eigenes Studium der Welt entrückt.

»Es ist, als würde ich in einem Märchen leben und du in der Realität.«

»Ist das ein Problem?«

Svea sah ihn an und überlegte. Während er sich den letzten Bissen Bratkartoffeln in den Mund schob, war ihr Teller wegen der leichten Restübelkeit noch halbvoll. »Nein, ist es nicht.«

Sie sagte und meinte das, weil sich ihre Treffen in den letzten Wochen zu einer Freundschaft entwickelt hatten, einer richtigen, ohne Alkohol. Freunde, so dachte sie, konnten sehr unterschiedlich sein. Er war nie in ihrer kleinen Wohnung gewesen, sie nie in seinem Zimmer in der Wohngemeinschaft. Was sie teilten, war ein Tisch in der Mensa mit Blick ins Grüne. Auf der einen Seite des Tisches regierte die Vernunft, auf der anderen die Freiheit.

»Sehr philosophisch«, sagte Christian und griff nach seinem Nachtisch.

In den Semesterferien hatte zwar die Mensa weiter geöffnet, aber kaum jemand fand den Weg dorthin. Nicht einmal Christian. Am letzten Tag des Sommersemesters hatte er sich von Svea verabschiedet und gesagt, dass er einen Ferienjob an der Küste angenommen hatte. Drei Monate sahen sie sich nicht. Drei Monate, in denen Svea vier Hausarbeiten schrieb, sich ansonsten in ihrem favorisierten Club unweit der Uni aufhielt. Sie schlief nicht mit einem der Barmänner und auch nicht mit dem Typen von der Garderobe. Trotz langer Nächte stand sie früh auf und las die ersten Bücher von der endlos scheinenden Leseliste für das kommende Semester, um bei dem ersten Treffen mit Christian nach den Ferien davon erzählen zu können. Ihr fehlten die Ordnung und der Rhythmus, den die Zwölf-Uhr-Treffen ihr vorgegeben hatten. Sie vermisste, wie er sein Geschirr nach dem Essen auf dem Tablett anordnete, Teller und Schalen übereinander, Besteck daneben, damit die Damen bei der Geschirrrückgabe am Ende des Fließbands es leichter hatten.

Der Abfluss gab ein Rülpsen von sich, sog eine kleine Menge Wasser nach und verstummte. Svea strich sich eine klebrige Strähne aus dem Gesicht und steckte sie zurück in den kurzen Stummelzopf. Wie zu Medizin griff sie nach einer Puderdose und dem dazugehörigen Pinsel. Seit das Kind da war, hatte sie sich nicht geschminkt. Ganze Tage hatte sie ungewaschen im Nachthemd verbracht. Svea fuhr sich mit dem Pinsel durch das Gesicht. Sie schaffte es, die Augenringe abzudecken und sich etwas Leben einzuhauchen. Doch irgendetwas irritierte sie. Die, die sie aus dem Spiegel ansah, gab es nicht mehr.

Im letzten Sommer hatte Svea zum ersten Mal das Ende der Semesterferien herbeigesehnt. Am ersten

Vorlesungstag saß sie um Punkt zwölf an ihrem Tisch am Fenster. Doch Christian kam nicht. Sie hatte keine Telefonnummer, wusste nicht mal, wo er wohnte. Sie hielt nach den Jungs Ausschau, mit denen sie ihn ab und zu auf Partys gesehen hatte. Sie fragte einen von ihnen nach Christian, doch auch dieser wusste nicht, wo er steckte. Zwei ganze Wochen aß Svea allein an ihrem gemeinsamen Platz. Nie hatte sie sich einsamer gefühlt.

Als Christian dann völlig unerwartet auf der Tanzfläche ihres Lieblingsclubs auftauchte, erkannte sie sofort, dass er getrunken hatte.

»Wo warst du?«, schrie sie ihn gegen die Musik an.

Doch Christian antwortete nicht. Er küsste sie und hatte Schwierigkeiten, mit geschlossenen Augen das Gleichgewicht zu halten. In dieser Nacht war Svea zum ersten Mal in seinem Zimmer, in seinem Bett.

Und weil jede Gewohnheit stärker ist als die Sehnsucht nach etwas Neuem, schlich sie sich am nächsten Morgen aus der Wohnung, als er noch schlief. Vier Wochen lang ging sie nicht in die Mensa, mied das Gebäude der Wirtschaftswissenschaften und ließ viele Seminare ausfallen.

Als sie dann eines Abends bereits in der Küche seiner Wohngemeinschaft wartete, als er nach Hause kam, fand sie ihn verändert. Er wirkte trauriger, aber nicht wütend. Svea hatte auf einem Klappstuhl gesessen und in großen Schlucken aus einer Bierflasche getrunken.

»Da bist du also wieder«, sagte Christian.

»Da bin ich also wieder.«

»Du warst lange nicht in der Mensa.«

Svea schüttelte den Kopf. »Du etwa?«

»Nicht so oft.« Christian öffnete den Kühlschrank und trank Mineralwasser aus der Flasche. »Ich muss morgen früh raus«, erklärte er.

»Vorlesung um acht?«

»Klausur«, sagte er knapp.

Obwohl Svea nie mit ihm gelernt hatte, ihn nie in seinen Seminaren beobachten konnte, ahnte sie, dass ihm seine Noten wichtig waren. »Es ist dein letztes Semester, richtig?«

Lautlos stellte Christian einen Hocker vor ihr ab und setzte sich. »Ja.«

»Und dann?«

Er lächelte und zuckte mit den Schultern. »Suche ich einen Job.«

Mit einem weiteren Schluck aus der Bierflasche überbrückte sie die Stille und jeden Gedanken an ihre eigene Zukunft.

»Was machst du hier?« Den winzigen Rest des Wassers auf dem Flaschenboden schwenkend, musterte Christian sie.

»Du meinst, was ich hier will?«

Er schraubte die Wasserflasche zu und ließ sie klirrend in einen Kasten neben dem Kühlschrank fallen.

Das Etikett hatte Svea bereits abgeknibbelt, nun drehte sie die Bierflasche in den Händen. »Ich bin schwanger.«

Christian lachte kurz auf. »Na, dann herzlichen Glückwunsch.«

Sie beugte sich vor und stützte die Ellenbogen auf den Knien ab. »Von dir.«

»Das kann nicht sein.«

»Kann eben doch sein. Ich wollte es auch erst nicht glauben.«

Christian fragte nicht, woher sie wissen wollte, dass es von ihm war.

Stattdessen stand er auf und nahm ihr die Bierflasche aus der Hand. Einen Augenblick lang stand Christian unschlüssig da, dann nahm er einen großen Schluck und sah sie an. »Du solltest nicht trinken.«

»Ich treibe sowieso ab.«

»Warum bist du dann hier?«

Sie zuckte mit den Schultern. »Ich dachte, du solltest es wissen.«

Christians Mitbewohner Konrad kam in die Küche, und beide verstummten. Er öffnete den Kühlschrank, sah hinein und schloss ihn wieder, ohne etwas zu entnehmen. Missmutig griff er nach einer Kekspackung, die auf dem Tisch lag, sah zwischen Svea und Christian hin und her und verließ die Küche mit hochgezogenen Augenbrauen.

»Damit ich dich zum Arzt begleite?«, fragte Christian leise. Im Flur war zu hören, wie Konrad seine Zimmertür hinter sich schloss und die Musik einschaltete. Die Bässe drangen gedämpft zu ihnen herüber.

»Was denkst du über Abtreibung?«

»Bisher hatte ich keine Meinung zu diesem Thema.« Unschlüssig suchte Christian ihren Blick.

»Jede Frau hat eine Meinung dazu.« Svea lehnte sich zurück und streckte die Beine aus.

»Logisch. Ihr entscheidet über euch selbst. Das ist unausweichlich. Ich kann einer Frau schlecht diktieren, was sie mit ihrem Körper machen soll.«

Sie sah an sich hinunter. »Irgendwie ist es jetzt auch dein Körper.«

In nur einem Zug leerte Christian die Flasche. »Weil etwas von mir da drin ist? Das klingt ganz schön irre.«

»Willst du denn Kinder? Ich meine, irgendwann.«

Unbeweglich stand Christian da. »Ich bin nicht sicher, ob ich die Frage in diesem Zusammenhang unbefangen beantworten kann.«

Svea winkelte die Beine wieder an, legte die Hände auf die Knie, als müsse sie sich an sich selbst festhalten. »Ich wollte nie Kinder.«

»Na, dann nochmal herzlichen Glückwunsch.«

»Ich hangle mich seit Jahren von einer Affäre zur nächsten. Da kommt man einfach nicht an den Punkt, zu sagen: *Lass uns mal über Kinder nachdenken.*«

Die leere Flasche stellte Christian auf dem Tisch ab und sah sie erstaunt an. »Und ich bin auch eine von diesen Affären?« Er sagte das ohne Vorwurf.

»Nein«, erwiderte Svea schnell. Zumindest dieses Gefühls war sie sich sicher.

Christian musterte sie und lächelte schwach. »Hast du Hunger?«

Svea nickte.

»Unten im Haus ist ein Asiate. Der ist nicht besser als die Mensa, hat aber mehr Gerichte auf der Karte. Und sie bringen das Essen an den Tisch.«

Svea drehte den Hahn auf, hielt die Hände darunter und wusch sich das Gesicht. Das trübe Wasser blieb im Waschbecken stehen. Es schaukelte hin und her, als sie den Hahn zudrehte. Nur langsam beruhigte es sich und kam zum Stillstand. Linus schrie.

Svea folgte seiner Stimme, ging ins Schlafzimmer. Der warme Wind blähte die altmodische Gardine vor dem geöffneten Fenster. Linus lag mittig auf dem großen Ehebett und strampelte mit den Beinen.

»Ist gut«, sagte Svea leise und beruhigte damit auch sich selbst. Sie legte sich neben ihn und ihm die flache, warme Hand auf den kleinen Bauch. Sein Weinen verebbte zu einem leisen Wimmern, bis er ganz verstummte und wieder einschlief. Svea zog ihn sanft zu sich heran und genoss die Wärme seines Körpers, die auf eine ihr noch immer unvorstellbare Weise ihre eigene war. Svea liebte Linus mehr, als sie sich selbst je geliebt hatte, und doch vermisste sie sich. Und manchmal vermisste sie sogar die Einsamkeit.

HELENE TRAT IN die Pedale, beschwingt von der Blasmusik, die heute überall in der Stadt zu hören war und ihr zu folgen schien. Die bunten Fassaden der Häuser im Rücken, fuhr sie stadtauswärts, vorbei an den Biergärten der Gastwirtschaften, die wie leergefegt waren. Sie wollte nach Hause, so schnell wie möglich allen berichten. Vor allem dem alten Fritz, der mit seinem Holzbein nicht so einfach in die Stadt kam und wieder einmal alles verpasst hatte. Und Marie, die immer nur zu Hause saß, weil ihre Mutter es so wollte. Und die, auch wenn sie sonst nicht viel konnte, doch zumindest so schön tanzte. Und heute hatten alle gesungen, und einige Paare hatten getanzt, im Schlosshof, zur Vereidigung der Soldaten. Sie hatte auf einer der Stufen am Seitenflügel gestanden und auf das Meer von Hüten geblickt. Als die Männer ihre Hüte nach einem Tusch der Kapelle allesamt in die Luft warfen und sie wie eine Welle durch die Luft wogten, hatte Helene das Gefühl, diese Welle würde Wilhelm zu ihr tragen, zu ihr zurück. Sie querte die Schienen der Straßenbahn in einem flachen Winkel. Es war einer der wahrscheinlich letzten sonnigen Novembertage, der Winter hatte auf sich warten lassen. Die Blasinstrumente hatten in der Sonne geleuchtet wie pures Gold, und Fahnen wehten im Wind. Auf halber Strecke raffte Helene ihre Röcke. Die langen Unterhosen würden reichen, um sie gegen den Fahrtwind warmzuhalten. Und hier draußen in den Feldern würde niemand sehen, wie sie beim Radfahren die Knöchel entblößte. Sie warf sich das Paket aus Rock und Unterrock wie ein geschlachtetes Tier über den Oberschenkel und legte noch einen Zahn zu. Die Gräser am Flussufer lagen verwelkt am Boden und gaben die volle Breite des Rinnsals frei, das noch bis vor kurzem wie eine bunte Straße aus hoch aufragenden Sumpfblumen ausgesehen hatte. Sie musste weit hinaus. Das Haus, das sie mit ihrem Wilhelm gebaut hatte, stand einsam und fernab auf den hügeligen Wiesen zwischen Stadt und Sümpfen. In den Sümpfen lag die Papierfabrik, deren Schornstein Helene schon von weitem sehen konnte. Die Zigarre qualmte und ließ einmal mehr erahnen, warum sie und Wilhelm ihr neuerrichtetes Haus in den Hügeln weit vor der Fabrik Zigarrenkiste nannten. Aus dem Winkel, aus dem Helene nun auf den Hof zufuhr, könnte man denken, der weit entfernte Schornstein würde aus ihrem Dach den Qualm in den Winterhimmel schicken. Die Zigarre paffte und wies Helene den Weg.

Als sie in die Allee einbog, ließ sie das tote Tier vom Schoß gleiten und verteilte den Stoff wieder um ihre Beine. Vom Rock gebremst, verlangsamte sie das Tempo. Die Zigarre verschwand hinter den Bäumen, und nur noch ihr Rauch war am blauen Himmel zu sehen. Marie, die auf sie gewartet zu haben schien, stand am Fenster. Helene winkte, dabei taumelte ihr Rad einige Male hin und her. Marie winkte nicht zurück, was so weit noch nicht verwunderlich war.

Auf dem Hof ließ Helene das Rad gegen den Birnbaum kippen und richtete sich das Haar. Um die Dohlen auf dem Dach aufzuscheuchen, klatschte sie in die Hände, doch die Vögel ließen sich nicht beeindrucken.

Sie wollte sofort zu Fritz und ihm erzählen, dass ihr Wilhelm jetzt Verstärkung bekam, wie sehr sich alle darüber gefreut hatten und dass seine Bedenken ganz unbegründet waren. In wenigen Wochen würde er schreiben. Das hatte er ihr versprochen.

Doch Gerlinde fing Helene bereits im Flur ab. Mit ernster Miene, einem Gesichtsausdruck, der sonst vor allem Marie galt, schob sie die junge Frau in ihre kleine Stube. Helene erwartete eine Standpauke wegen des Radfahrens. Gerlinde sah das nicht gern.

»Eine Dame fährt mit dem Fuhrwerk«, sagte sie immer. Dabei war das Rad ein Privileg. Kaum jemand, den Helene kannte, besaß eines. Wilhelm hatte es nach einem Achsbruch günstig in der Kaserne erworben und selbst repariert. Dass sie gelernt hatte darauf zu fahren, ahnte er nicht.

Am Esstisch saß Hans, die Postmütze noch auf dem Kopf, vor ihm auf dem Tisch zwei leere Schnapsgläser.

»Hänschen«, sagte Helene erleichtert, als könnte er ihr aus der Patsche helfen.

Hans Bomke war seit dem Hausbau für sie zuständig. Sein Bezirk hatte sich dadurch um eine halbstündige Radfahrt vergrößert, was Gerlinde immer wieder mit einem Gläschen Likör belohnte. Ihre Tochter, die stumme Marie, reichte ihr nicht zur Unterhaltung.

Eilig stand Hans auf und griff in seine Posttasche.

»Helene Potthoff?« Er sah sie nicht an.

»Hans?«, sie lachte fast, »was soll das?«

»Helene Potthoff?«, wiederholte er.

»Aber das weißt du doch.« Sie sah Gerlinde an, diese sah zu Boden und faltete die Hände.

»Persönlich übergeben«, murmelte Hans, drückte Helene einen Brief in die Hand, wand sich zwischen den Frauen hindurch und verschwand durch die Eingangstür.

Beide Frauen sahen durch das Fenster, wie er auf sein Rad stieg und eilig davonfuhr. Mit ihm flogen die Dohlen als dunkle Gruppierung auf, scheinbar entschlossen, ihm zu folgen.

»Setz dich«, riet Gerlinde und ließ es wie einen Befehl klingen.

»Nein … nicht nötig«, stammelte Helene. »Ich wollte doch zu Fritz.«

Gerlinde nickte. »Sicher.«

Helene stolperte, beinahe hätte sie den alten Fritz im Hausflur umgeworfen. Sie konnte ihm nicht in die Augen sehen.

»Mädchen«, sagte Fritz, als sie an ihm vorbei in den Garten eilte.

Ohne ein Wort ließ sie ihn stehen. Sie konnte sich und vor allem ihrem Wilhelm nicht eingestehen, dass er sich geirrt hatte. Dass sie sich geirrt hatte. Dass die schöne Uniform und das Gewehr rein gar nichts hatten ausrichten können. Nichts. Damit ihr ja keiner folgte, schlug sie die Gartentür hinter sich zu. Sie würde sich nichts anhören können, kein Mitleid und kein Bedauern.

Vor dem abgeknickten Sonnenhut blieb Helene stehen. Die Blüten lagen halbverwest auf der Erde, die Stängel ragten trocken und gelblich in die Novemberluft. Sie hielt den geöffneten Brief wie ein Gebetbuch, den Kopf gesenkt, und las die Worte wieder und wieder, als habe sie Buße zu tun.

Wilhelm Potthoff gefallen am 14. November 1914 in Ostende.

Vergessen die Feierlichkeiten und all die jungen Soldaten, all die Vorfreude. Fritz war Helene nicht gefolgt. Er hätte ohnehin nicht so schnell laufen können wie sie, mit seinem Holzbein. Und was hätte er auch sagen sollen. Alles, was er wusste und ahnte, hatte er vor Wilhelms Abreise gesagt. Er hatte sogar noch einen langen Spaziergang mit Wilhelm gemacht, durch den Wald und über den Werksberg. Danach hatte Fritz seine Prothese abgeschnallt, sich ins Bett gelegt und war drei Tage nicht mehr aufgestanden.

»Worüber habt ihr geredet?«, hatte Helene von Wilhelm wissen wollen.

»Er wünscht mir Glück im Feld.« Mehr hatte Wilhelm nicht gesagt. Glück. Fritz hatte schon damals geahnt, dass Wilhelm es brauchen würde.

Das Atmen fiel ihr schwer, und sie rang nach Luft. Helene schluckte hart, als sie eine Hand fühlte, die am Band ihrer Rockschürze nestelte. Sie brauchte sich nicht umzudrehen. Es war Marie. Die Einzige, die sich hierhergetraut hatte, die Einzige, die nicht verstand. Alle anderen lauerten an den Fenstern in ihrem Rücken. Oder in der Nähe der Fenster, um ab und zu einen Blick hinauswerfen zu können, ob nun auch sie fiel. Ob sie schwankte und ihre Beine versagten. Sie wusste, was alle hier jetzt dachten. Nie im Leben würde sie ohne Mann das Haus durchbringen, den Kredit abbezahlen können. Nie im Leben. Alle standen hinter den Gardinen und beobachteten sie. Doch sie würde nicht einknicken, nicht unter ihren Blicken. Die stumme Marie stand wie ein Schatten dicht hinter ihr. Sie konnte sie atmen hören, die Wärme ihres Körpers spüren. Es war bereits später Nachmittag, und die Temperaturen waren merklich gefallen.

»Maries Kopf ist leer«, hatte Gerlinde gesagt, damals, als sie sich mit ihrer erwachsenen Tochter bei Wilhelm als Mieter vorgestellt hatte.

Helene fragte sich, ob das Schlechte überhaupt in Maries Welt vordrang. Das Mädchen zitterte in ihrem Rücken und atmete stoßweise aus. Helene sah Maries weißen Atem über ihrer Schulter. Auch Helene fröstelte. Sie würde zurück ins Haus gehen müssen, bald, schon allein wegen Marie. Es war jetzt Helenes Haus, das da hinter ihnen beiden stand und darauf wartete, dass ihr die Knie versagten. Sie würde mehr Mieter brauchen, um das Darlehen zurückzahlen zu können. Doch das Haus war bereits voll. Unten wohnten Gerlinde und Marie in zwei Zimmern und Familie Klockenbusch, Agnes und Rudolf, mit mittlerweile drei Kindern in einem Zimmer. Oben wohnten Fritz Disselkamp in einem und sie, Wilhelm und das Kind in zwei Zimmern. Nun wohnten dort nur noch sie und ihre Tochter. Helene selbst würde in die Kammer im Stall ziehen, um die beiden Zimmer zu vermieten. Aber was sollte aus der kleinen Sophie werden. Vaterloses Kind, dachte Helene und griff, ohne hinzusehen, nach Maries zitternder Hand.

DER MORGEN WAR voller Licht und verhinderte jeden Gedanken an die Nachtseite der Welt. Linus hatte Svea bis acht Uhr schlafen lassen, lag nun auf dem Rücken in der Mitte des Bettes und bewegte das Köpfchen. Das geöffnete Fenster malte Sonnenflecken an die Zimmerdecke. Svea zog das kurze Trägerkleid vom Vortag über und band sich die ungewaschenen Haare zu einem Zopf.

»Na dann«, sagte sie zu Linus, als sie ihn hochnahm.

Svea öffnete die Haustür, Linus auf dem Arm, in der freien Hand den Schlüssel, und trat auf den Fußweg. Unentschlossen sah sie sich um. Kein Auto fuhr auf der einspurigen Straße, die nach rechts leicht anstieg. Alle anderen Häuser schienen aus der gleichen Zeit zu stammen: Glasbausteine neben den Eingangstüren, Waschbetonplatten zwischen Fußweg und Türschwelle, eingefasst von kurzgeschorenen Rasenflächen, allenfalls durchbrochen durch einen Rhododendron oder eine Reihe von Thujen, die unter der Trockenheit dieses Frühjahrs braun geworden waren. Alles wirkte gepflegt, aber wie erstarrt. Lediglich ihr eigenes Haus, in dessen Schatten sie nun stand, widersetzte sich dieser Anordnung. Es war aus der Zeit gefallen.

Wie um ihm Gesellschaft zu leisten, stand auf der gegenüberliegenden Straßenseite ein Altersgenosse. Svea blinzelte und sah hinüber zu dem von der Sonne angestrahlten Backsteinhaus. Ein flacher, länglicher Bau, größer noch als ihr eigenes Haus. Links der Eingang und Fenster mit vergilbten Gardinen, weiter rechts waren die tiefen Fenster eines Gastraumes mit schwarzem Stoff abgehängt. Darüber waren die Überreste einer abmontierten Leuchtreklame zu erkennen. Svea sah an ihrem eigenen Haus hoch, betrachtete die ungeputzten Scheiben, den Putz, der wie trockene Haut abblätterte. Sie war sich nicht sicher, ob es Scham war, die sie dazu veranlasste, über die Straße zu gehen und ausgerechnet bei dem Haus zu klingeln, das ähnlich vernachlässigt wirkte wie ihres. Die Morgensonne wärmte Svea den Rücken, als sie hinter den bunten Glasscheiben der Eingangstür den Schatten eines großen Mannes ausmachte. Die Tür wurde von innen geöffnet, und Svea trat einen Schritt zurück. Der Nachbar trug Jeans und ein zerknittertes Unterhemd. Als könnte er sich um diese Uhrzeit noch nicht auf den Beinen halten, stützte er sich mit seinem tätowierten Oberarm am Türrahmen ab. Svea schätzte ihn nur wenig älter als sich selbst.

»Guten Morgen«, sagte sie und rückte Linus auf ihrem Arm zurecht.

Der Mann nickte bloß und rieb sich das Gesicht. »Sorry. Nachtschicht. Nicht meine Zeit.«

»Soll ich später wiederkommen?«

»Nein, schon gut.« Er schüttelte den Kopf. »Du wohnst da drüben.«

»Ja. Ich brauche einen Klempner.«

»Moment«, entschuldigte er sich und ließ Svea vor der Tür warten. Sie sah sich um, blinzelte in die Sonne und betrachtete den verwilderten Vorgarten. Frisch hochgeschossenes Grün mischte sich unter die vertrockneten Stauden des letzten Sommers. Der Hopfen hatte einen alten Jägerzaun überwuchert und zum Einstürzen gebracht. Die geschlossenen Knospen einer Stockrose hatten sich ihren Weg durch das Geflecht gebahnt. Eine der Fensterscheiben neben dem Eingang hatte einen Sprung und war notdürftig mit Klebeband geflickt.

Der Mann hatte sich ein kurzärmeliges Hemd übergezogen und winkte Svea herein. Ein Durchbruch im Flur eröffnete den Blick in einen alten Tanzsaal. Tische und Stühle waren vor den abgehängten Fenstern aufeinandergestapelt, das Parkett war matt und vergraut.

»Kaffee?«, fragte er und führte sie in die Küche. Sammeltassen standen aufgereiht in einer Vitrine, Backformen hingen an Nägeln über einer Sitzbank mit umhäkelten Kissen. Über dem Küchentisch erhellte eine Hängelampe mit rotweiß kariertem Stoffschirm den dunklen Raum auf der Rückseite des Hauses. Hohe Bäume im Garten schirmten das Licht ab, der Ausblick aus den kleinen Fenstern war durch eine wuchernde Hecke zusätzlich eingeschränkt. Die Decke hing tief und ließ ihren Nachbarn wie Goliath in einer Puppenstube erscheinen.

Svea schüttelte den Kopf. Er sah Linus an, als hätte er nicht richtig nachgedacht. Dann hockte er sich vor den niedrigen Kühlschrank und sah hinein. »Leitungswasser?«

»Gerne.« Sie setzte sich auf die Bank und hob Linus auf die andere Seite. »Ich heiße Svea.«

»Mark«, erwiderte er, drehte den Hahn auf und füllte zwei Gläser. Mark nahm eine Kaffeedose zur Hand, schüttelte sie und stellte sie wieder zurück ins Regal. Svea vermutete, dass er geflucht hätte, wenn sie und Linus nicht da gewesen wären. Er stellte die Gläser mittig auf die Tischdecke, setzte sich und stützte die Ellenbogen auf.

»Du bist Christians Frau.«

»Du kennst ihn?« Linus quietschte.

»Meine Großmutter hat früher hier gewohnt. In den Ferien war ich manchmal zu Besuch. Da waren immer viele Kinder in der Straße. Ab und zu habe ich mitgespielt.«

Svea stellte sich vor, wie die beiden miteinander rauften oder auf der Straße fangen spielten. Mark war sicher als Kind schon größer und kräftiger als Christian gewesen. Sie nahm einen Schluck aus ihrem Glas, das Wasser schmeckte nach alten Leitungen.

Mark trank das Glas in einem Zug leer und schüttelte sich.

»Das heißt, du wohnst nicht richtig hier?« Svea betrachtete die Teedosen mit blauweißen Mustern, die aufgereiht auf einem Holzbrett über der Spüle standen, die Motive der Zierteller, die darunterhingen, Frühling, Sommer, Herbst und Winter.

»Vorübergehend.« Mark legte eine Hand auf den Tisch.

Die dunkelblauen Buchstaben auf seinen Fingern ergaben für Svea keinen Sinn.

Eine Katze schlich sich in die Küche und schaute geduckt zu Mark hinauf. Als er sie sah, hieb er mit der flachen Hand auf die Tischplatte. Svea zuckte zusammen, und die Katze sauste zurück zur offenen Eingangstür, durch die sie gekommen war.

»Sorry«, sagte Mark, als er bemerkte, dass er Svea und auch Linus erschreckt hatte. »Meine Großmutter hat die Katzen immer gefüttert. Ich würde das auch machen, aber ich bin so selten hier. Nachher sperre ich noch eine im Haus ein.«

»Und deine Großmutter?«

Er zuckte mit den Schultern, und ein Tiger oberhalb seines Schlüsselbeins bäumte sich kurz auf. »In einem Heim. Das ging hier einfach nicht mehr.«

Svea nickte und ließ ihren Blick in den Flur wandern, wo an der Garderobe ein Wintermantel mit Pelzbesatz hing, als würde er auf den fernen Winter und die Rückkehr seiner Trägerin warten.

»Dann kannte sie Christians Eltern. Immerhin waren sie Nachbarn.«

»Als sie umgezogen ist, hat Christians Mutter noch gelebt.«

Plötzlich vermisste Svea etwas, das sie nie besessen hatte. Sie hatte Christians Eltern nicht kennen gelernt, nicht kennen lernen können, sie waren gestorben, bevor sie und Christian sich für ein gemeinsames Leben entschieden hatten. Es gab eine Lücke, die sie niemals würde füllen können.

Christian kannte auch ihre Eltern nicht. Nach der Taufe von Annikas Zwillingen hatte sie den Kontakt mit ihrer gesamten Familie gemieden. Svea hatte ihre Eltern bisher von Christian ferngehalten. Erst jetzt wurde ihr klar, dass sie etwas besaß, was ihm fehlte, was sie ihm hätte geben können. Svea erschrak, weil ihr Blick mehr sich selbst als ihm gegolten hatte. Schnell trank sie einen großen Schluck aus dem Glas, schmeckte Kupfer und Rost. Umständlich stand sie auf. Linus begann leise zu nörgeln.

»Ich sollte gehen. Kannst du mir einen Klempner empfehlen?«

Mark sah sie an und schien zu überlegen. »Ein Klempner ist teuer.«

»Hauptsache, das Wasser fließt wieder ab.«

Mark drehte das leere Glas in seinen Händen. »Ich könnte es versuchen.«

»Wann?«, fragte Svea.

Mark rieb sich über das Gesicht und betrachtete sein nacktes Handgelenk. »Vier Uhr?«

Er brachte sie zur Tür, die noch immer offenstand.

An der Garderobe hing eine Jacke mit dem Logo von Christians neuem Arbeitgeber. Svea hatte es auf seinen Einstellungspapieren gesehen.

»Du arbeitest auch in der Papierfabrik?«, fragte sie.

Mark hängte die Jacke um, an einen Haken hinter dem Damenmantel. »Fast jeder hier arbeitet dort.«

Svea nickte und trat hinaus in das gleißende Licht des Vorgartens.

»Ist das deiner?« Mark zeigte über die Straße, hin zu ihrer Haustür.

Mit der flachen Hand schirmte Svea ihre Augen ab. Vor der Eingangstür im Schatten saß der Hund, den sie nachts im Garten gesehen hatte. Er hatte die Größe eines Schäferhundes, jedoch das Aussehen eines struppigen Mischlings. Aufmerksam sah er in ihre Richtung und richtete die Ohren auf.

»Nein«, sagte Svea, »er treibt sich hier rum.«

»Sieht aus, als würde er denken, dass er zu dir gehört.«

Als Svea einen Fuß auf die Straße setzte, jagte der Hund davon.

NICHTS HATTE HELENE davon abhalten können, zum Bahnhof zu fahren. Es war bereits Dezember, und auf ihrem Weg in die Stadt fielen die ersten Schneeflocken. Das Rinnsal entlang des Weges war zugefroren. Nur mühsam ließ sich ihr Rad über den Schotter steuern. Ihr Wilhelm würde heute nach Hause kommen. Und sie würde ihn abholen, so wie sie es sich hundertfach in den letzten Monaten ausgemalt hatte. Sie würde am Bahnhof stehen mit all den anderen Frauen, Blumen in der Hand. In ihrer Vorstellung war es Sommer gewesen, oder zumindest Frühling. Die Männer würden von weitem schon aus den geöffneten Zugfenstern winken. Und sie würde sich zwischen den Frauen hindurchdrängen zu ihrem Wilhelm. Sie hatte geglaubt, er würde verändert aussehen, etwas dünner vielleicht ob der Anstrengung. Und dann würde sie ihn umarmen, und sie würden gemeinsam den ganzen Weg bis nach Hause laufen. Und er würde das Rad schieben. Sie hatte sich vorgestellt, dass Marie am Fenster auf sie warten würde, Sophie auf dem Arm. Und das Kind, das seinen Vater kaum hatte vermissen können, weil es zu klein gewesen war, als er ging, würde ihn kennen und lieben lernen. All das hatte sie ersehnt.

Helene bog um die Ecke, als die quietschenden Bremsen die letzte Fahrt der Passagiere beendeten. Doch niemand stand auf dem Bahnsteig, niemand wartete, niemand winkte. Sie lehnte das Fahrrad an einen Laternenpfahl und eilte zu den Güterwagons. Zwei Soldaten in Uniform öffneten die Ladeluke und begannen, geschmückte Särge zu entladen.

Helene betrachtete den Sarg, den die beiden zu ihren Füßen abstellten. Er wirkte fast fröhlich, so wie er geschmückt war. Helene konnte sich nicht vorstellen, dass unter dem Deckel ein Mensch lag.

»Können wir helfen?«, fragte einer der Soldaten.

»Können Sie mir sagen, wo ich Wilhelm Potthoff finde?«

»Gefallen?«, vergewisserte sich der Soldat.

Helene rang sich ein Nicken ab.

»In welchem Regiment war er Offizier?«

»Kein Offizier.«

»Das hier sind keine Fußsoldaten«, sagte der andere, ohne Helene anzusehen.

»Tut mir leid«, erklärte der Erste. »Soldaten, die auf dem Feld bleiben, werden vor Ort beerdigt.«

»Sie bleiben dort?« Helene nestelte an ihrem Rock.

»Wo ist er gefallen?«

»Ostende«, sagte sie, als wäre das ein ihr vertrauter Ort.

»Dort gibt es jetzt große Friedhöfe für unsere Männer.«

»Er kommt also nicht nach Hause?«

Der Soldat schüttelte den Kopf. »Es tut mir leid.«

Helene schwankte. Sie taumelte fast. So wie sie getaumelt war, als Wilhelm sie auf ihrem neuen Dielenboden zum Tanz gedreht hatte. Sie war in seine Arme gefallen, hatte den Schweiß ganz dicht an seinem Ohr gerochen. Die Tischlerarbeiten waren schweißtreibend gewesen in diesen heißen Spätsommertagen. Und in das Ohr hatte sie ihre Wünsche geflüstert.

»Drei weitere Hühner und eine Ziege, damit ich wirtschaften kann, wenn du weg bist. Ach, wenn du doch nur nicht wegmüsstest.« Und er hatte sie erneut gedreht und dabei sanft von sich weggestoßen. Wenn er über den Krieg sprach, dann immer nur wie über ein großes Abenteuer.

»Alle Kollegen aus dem Stahlwerk gehen.«

Helene hatte gewusst, dass das nicht stimmte. »Und wer macht dann die Arbeit? Wir Frauen vielleicht?«

Wilhelm lachte und zog sie an sich.

»Du passt mir schön auf das Haus auf. Und auf den alten Fritz.«

Nach dem frühen Tod von Wilhelms Eltern hatte Fritz als Großonkel den Jungen bei sich aufgenommen. Seither waren sie wie Feuer und Wasser.

»Er ist das Wasser«, pflegte Wilhelm zu sagen, »sein Holzbein verträgt sich nicht mit dem Feuer.«

In den Tagen vor seiner Abreise hatte Wilhelm mehr Zeit mit Fritz verbracht als mit Helene, und sie war deshalb eifersüchtig gewesen. Wilhelm hatte die letzten Arbeiten am Haus abschließen wollen. Fritz hatte stets in seiner Nähe auf einem Schemel gehockt und ihm Nägel angereicht. Geredet hatten sie nicht viel. Bis zu dem einen letzten Waldspaziergang, für den Fritz all seine Kräfte hatte aufbringen müssen. Blass und schweigsam war Wilhelm von diesem letzten Gespräch zurückgekehrt. Und Helene ahnte, dass Fritz versucht hatte, das Feuer zu löschen.

Am Tag der Abreise war nur Helene mit zum Bahnhof gefahren. Hans Bomke hatte ein Fuhrwerk aus dem Postamt geliehen und holte einen Soldaten nach dem anderen auf dem Weg zum Bahnhof ab. Helene durfte auf dem geschmückten Wagen mitfahren. Sie kannte jeden einzelnen der zusteigenden jungen Männer. Alle waren aufgeregt und voller Vorfreude. Und Helene ließ sich anstecken von den Gesängen, die weit über die Felder zu hören sein mussten. Als sie über eine Erhebung fuhren, sah sie sich um. Das Gaubenfenster der Zigarrenkiste war hinter einem flachen Hügel gerade noch zu sehen, die Zigarre dahinter qualmte. Helene stieß Wilhelm an, der neben ihr saß. Sie wollte, dass er noch einmal hinsah, wirklich ansah, was sie zusammen geschaffen hatten und wohin er in wenigen Monaten heimkehren würde. Doch Wilhelm war abgelenkt von den Kameraden. Er sang so laut, dass Helene kurz den Wunsch verspürte, sich die Ohren zuzuhalten.

Auf der Rückfahrt hatte sie allein neben Hans auf dem Kutschbock gesessen und die Leere hinter sich als aufsteigende Kälte gespürt. Beim Absteigen hatte

Hans ihr geholfen und dabei mit der Hand ihre Hüfte gestreift. Und dieses Versehen war ihr in Wilhelms Abwesenheit wie ein Verrat vorgekommen.

»Ist Ihnen nicht gut?«, fragte einer der Soldaten, nachdem sie einen weiteren Sarg vor Helenes Füßen abgeladen hatten.

»Es geht schon.« Helene drehte sich um und lief auf ihr Fahrrad zu. Sie wollte so schnell wie möglich weg von hier. Doch ihr Körper sehnte sich so sehr nach Wilhelm, dass er sich ihrem Willen entzog. Ihre Beine wurden weich und versagten ihr den nächsten Schritt. Sie sah noch, wie Hans mit seinem Rad um die Ecke bog, um die Feldpost abzuholen, dann wurde ihr schwarz vor Augen.

Als Helene wieder zu sich kam, blickte sie in zwei große blaue Augen. Man hatte sie in die Erfrischungsstelle gebracht, wo ehrenamtliche Helferinnen auf durchreisende Soldaten warteten. Es gab eine Essensausgabe und einen Teeausschank. Lange Bänke boten Platz für mehrere hundert Soldaten. Girlanden zierten die Längsseite des großen Raumes. Doch der Saal war leer. Helene versuchte sich aufzusetzen, doch der Schwindel ließ sie zurück auf die Liege sinken.

»Bleiben Sie liegen.« Die junge Frau trug eine weiße Schürze über ihrem Alltagskleid. »Sie sind unglücklich gefallen. Nur ein Kratzer, aber das sollte gesäubert werden.«

Helene fasste sich an den Arm und zuckte unter dem Schmerz zusammen. Der Ärmel ihrer Bluse war eingerissen, die Haut abgeschürft.

»Ich mache das.« Die Frau klang fast fröhlich.

»Nicht nötig.«

»Wir haben heute ohnehin nicht viel zu tun.« Sie tupfte Helenes Arm ab und hielt einen Augenblick inne. »Die Soldaten da draußen brauchen unsere Suppe nicht mehr«, flüsterte sie. »War jemand dabei, den Sie kennen?«

Helene schüttelte den Kopf.

»Gott sei Dank«, sagte die Frau und bot ihr einen Tee an.

Vorsichtig richtete Helene sich auf und setzte die Füße auf den Boden. Dankend nahm sie die Tasse entgegen.

»In Umständen ist mir auch immer schwindelig geworden.«

Helene verschluckte sich am heißen Tee und musste husten.

»Sie sollten sich schonen. Nicht mit dem Rad fahren.«

»Ich muss nach Hause«, sagte Helene schnell.

»Vielleicht kann jemand Sie auf einem Fuhrwerk mitnehmen.«

»Nein.« Sie rang um Fassung. »Kein Fuhrwerk. Das ist sehr freundlich, danke, aber es geht schon.«

Helene versuchte nicht hinzusehen, als sie die Entladestelle passierte. Schnellen Schrittes lief sie auf ihr

Rad zu. Ungeachtet des kalten Wetters und der Möglichkeit, dass jemand sie sah, der sie kannte, warf sie ihre Röcke über den rechten Oberschenkel. Der kalte Wind fuhr ihr in die langen Unterhosen. Auf ihrem Weg durch die Stadt drehten sich die Menschen nach ihr um. Helene machte einen Umweg, um ihren Blicken auszuweichen. Sie fuhr unachtsam, immer wieder geriet sie mit den Rädern in die Schienen der Straßenbahn, schlingerte, musste die Füße absetzen und erneut aufsteigen. Helene strampelte, bis sie die ersten Felder erreicht hatte. Der wenige Schnee, der am Morgen gefallen war, lag in den Mulden und entlang des Bachlaufs. Hinter dichten Wolken war die Sonne nicht zu erahnen. Alles war grau, kaum ein Unterschied auszumachen zwischen Himmel und Erde.

Helene blieb der Atem weg, so dass sie anhalten musste. Sie ließ das Rad ins welke Gras am Wegesrand fallen, rang nach Luft, wimmerte. Kein Haus, kein Hof war in Sichtweite. Eine Übelkeit stieg in ihr auf, die dem neuen Leben in ihrem Bauch galt. Sie würde nicht noch ein Kind mit Wilhelms Augen zur Welt bringen, nicht noch ein Kind ernähren können. Wilhelm hatte nach Sophie noch mehr Kinder gewollt, einen Jungen und dann noch eines, egal welchen Geschlechts, das hatte er immer gesagt. Drei, so wie Rudolf und Agnes, mindestens. Doch Wilhelm war fort und mit ihm seine Wünsche. Helene wusste nicht, wie sie Sophie alleine durchbringen und dabei das Haus halten sollte. Noch half Rudolf ihr, steckte ihr ab und zu etwas Geld zu, das er in Sonderschichten in der Papierfabrik verdiente. Sie konnte niemandem zumuten, auf Dauer für sie zu sorgen, für sie und Sophie und ein weiteres Kind. Rudolf hatte Agnes, und die beiden hatten selbst drei Kinder, vielleicht bald vier.

Helene nahm ihre verbleibende Kraft zusammen, ballte die erhobene Faust und boxte sich wieder und wieder in den Bauch. Sie krümmte sich, schlug noch einmal zu und übergab sich in den Graben.

Jämmerlich musste sie ausgesehen haben, als sie Stunden später halberfroren und mit bespuckter Schürze zu Hause ankam. Agnes war die Erste, die sie auf der langen Allee entdeckte. Sie eilte ihr entgegen, als gälte es, ihr Leben zu retten. Agnes und Rudolf trugen Helene in ihr Zimmer und legten sie auf ihr Bett.

»Du musst es wegmachen«, wisperte Helene Agnes ins Ohr, als Rudolf den Raum verließ.

»Aber Helene.« Agnes legte ihr ein feuchtes Tuch auf die Stirn.

»Jetzt, ohne Wilhelm«, sagte Helene. »Ich ertrage es kaum, Sophie anzusehen.«

Agnes tastete ihren Bauch ab. »Wir könnten noch warten. Schlaf dich erst mal aus.«

Doch Helene schüttelte den Kopf und hielt sie am Arm fest. »Warten worauf?«

Agnes, die im Jahr vor dem Krieg Sophie auf die

Welt geholt hatte, heizte den Ofen und zog Helene die Kleider aus. Sie saß bei ihr, als die aufkommende Hitze sie schüttelte. In der Nacht entließ Helene das Leben, das Wilhelm in sie gepflanzt hatte. Agnes, die selbst drei Kinder lebend und zwei tot zur Welt gebracht hatte, wusste, was zu tun war.

Helene erwachte von schrecklichen Krämpfen, als es bereits dunkel war. Sie sah sich um und fand Sophies Bettchen leer.

»Keine Sorge, Sophie schläft heute unten.«

Helene nickte und ließ sich wieder in die nassgeschwitzten Kissen sinken.

Am Morgen ließ Agnes den Arzt kommen.

»Nur ein Fieber«, sagte sie zu Fritz und Rudolf.

Es war, als hielte das Haus den Atem an. Helene machte einfach weiter. Sie wischte die Böden, kochte die Wäsche, erntete den Grünkohl, geradeso, als wartete sie noch immer auf ihren Wilhelm. Immer wieder las sie den Brief, den Hans ihr vor wenigen Tagen gebracht hatte. Man teilte ihr mit, wo er begraben lag.

Feldlazarett Nr. 4. Beerdigt in Nieuwpoort.

Manchmal war ihr, als wäre das Wilhelms neue Adresse. Als müsste sie nur warten und hoffen, und eines Tages würde er den Feldweg entlangkommen, zu ihr zurück.

Bei ihrem Abschied hatte Wilhelm versprochen, so schnell wie möglich zu schreiben, ihr seine Adresse zu schicken, damit sie ihm antworten konnte. Nun hatte sie eine Adresse, in Nieuwpoort, nahe Ostende. Sie hätte einen Brief abschicken wollen ans Feldlazarett Nr. 4, nur damit sie noch ein wenig auf Antwort warten konnte.

Wilhelm hatte kein Grab auf dem Friedhof jenseits des Stahlwerks, keinen Stein mit seinem Namen. Und Helene hatte keinen Ort, an den sie sich seinen leblosen Körper denken konnte. Wilhelm blieb in ihren Gedanken an einem fernen Ort lebendig.

Alle Bewohner des Hauses schlichen um sie herum, hielten Abstand, als habe sie eine ansteckende Krankheit. Nur Fritz blieb stets in ihrer Nähe. Das Geräusch, das sein Holzbein auf den Dielen machte, begleitete ihre Tage. Wenn sie wischte, holte er frisches Wasser. Wenn sie wusch, drehte er die Kurbel des Waschzubers. Wenn sie erntete, trug er den Korb. Er schwieg, wie alle anderen, die um ihre Bleibe bangten. Und zum ersten Mal schien es, als wäre Marie in ihrer Stummheit nicht allein.

An manchen Abenden hörte Helene, wie Fritz in seinem Zimmer leise Geige spielte. Und als wüsste selbst Marie, dass etwas nicht stimmte, klangen ihre Schritte im Takt der Musik wie gedämpft. Früher wäre Helene hinaufgegangen, hätte das Mädchen bei den Händen gefasst und mit ihm getanzt. Dann wäre sie der Mann gewesen und Marie das junge Fräulein auf dem Volksfest, das Fritz für sie veranstaltete.

Doch dieser Tage konnte Helene nicht ins obere Stockwerk gehen, in dem Wilhelm in ihren Gedanken noch immer an den Abenden in einem Sessel saß.

Auch Sophie folgte dem Klang der Musik. Rudolf hatte ihr beigebracht, mit einer Hand am Geländer und einer Hand auf der jeweiligen Stufe, die Treppe nach oben zu steigen. Im Gegensatz zu Helene sah Sophie keine Geister, vermisste nicht, was sie nicht vermissen konnte. Außer vielleicht die Hinwendung ihrer Mutter. Und so stand Helene immer öfter allein in der Küche und schälte die abgezählten Kartoffeln.

VATER, MUTTER, KIND. Das hatte sie nie spielen wollen, nicht im Kindergarten und nicht an den Nachmittagen, die sie mit den Nachbarskindern verbrachte. Alle Mädchen wollten immerzu *Vater, Mutter, Kind* spielen, und immer wollten sie die Mutter sein. Svea wollte nichts sein. Nicht Kind und nicht Vater. Mutter schon gar nicht. Die Mädchen suchten sich für das Spiel neue Namen aus, Mütternamen, hießen dann Sabine oder Jessica. Svea mochte ihren Namen und wollte ihn behalten. Wenn die Jungs aus der Nachbarschaft widerwillig mitspielten, waren sie mürrische Väter oder trotzige Kinder. Mutter sein bestand vor allem darin, allen zu sagen, was sie machen sollten. *Tu dies nicht, tu das. Habe ich dir nicht gesagt. Komm jetzt. Sei still.* Svea wollte niemandem etwas sagen und sich nichts sagen lassen. Lieber sah sie von der Schaukel aus zu, wie die Väter verärgert den Garten verließen. *Mit dir spiele ich nicht mehr.*

Und dann, Svea erinnerte sich nicht an das genaue Datum, hatten sie sich eben doch für dieses Spiel entschieden. An jenem ersten Abend beim Asiaten hatte Svea die Rechnung bezahlt und war allein durch die dunklen Straßen gelaufen.

Als dann eine Stunde später in die Stille ihres Zimmers hinein das Telefon klingelte, wusste sie, wer dran war. Sie hatte den Anruf angenommen, ohne sich zu melden.

»Wir sollten es versuchen«, hatte Christian gesagt. Dann legte er auf.

In der Zeit bis zum Umzug hatten sie sich kaum gesehen. Die Abschlussarbeit fraß Christians Zeit, während in Svea ihr gemeinsames Kind heranwuchs. Viele der Wochenenden verbrachte Svea allein, ging nicht mehr in den Club, sondern lag mit sich und dem fremden Wesen in ihrem Bauch auf dem Bett in ihrem Zimmer. Als der Bauch deutlich erkennbar wurde, ging sie auch nicht mehr in die Vorlesungen. Sie mied die Männer, die hätten denken können, es sei ihr Kind. Weder Svea noch Christian gingen je wieder in die Mensa. Wenn sie zusammen aßen, dann trafen sie sich bei dem Asiaten in Christians Haus, oder sie bestellten die immer gleichen Gerichte telefonisch, und Christian lief die vier Treppen nach unten, um sie abzuholen. Wenn sie dann nach dem Essen in seinem Arm lag und von nebenan gedämpfte Musik aus Konrads Zimmer erklang, war Svea sich sicher, dass sie sich mit Christian immer wohl fühlen würde. Doch war sie sich nicht im Klaren darüber, ob sie ihn ein Leben lang lieben konnte. Für sie war Liebe stets mit einer gewissen Ekstase verbunden gewesen, mit dem Wissen um die Vergänglichkeit, mit flüchtigen Eindrücken, die am Tag danach aufflackerten wie die Bilder eines Filmtrailers. Christian hingegen hatte Bestand. Wenn sie neben ihm im Bett lag, lag sie neben ihrem besten Freund. Und manchmal stellte sie sich vor, dass ihr Tisch in der Mensa nun fortwährend unbesetzt blieb.

»Wie geht es euch?« Christians Stimme klang so nah, dass sie das Telefon etwas vom Ohr entfernte, um sich nicht täuschen zu lassen.

»Gut«, sagte sie, als spräche sie mit dem Christian, mit dem sie früher in der Mensa gesessen hatte. Sie zog eine Strähne aus ihrem Zopf und drehte sie zwischen den Fingern.

»Ist es noch so heiß?«, fragte er.

»Ja.«

»Du klingst müde.«

»Es geht schon.«

»Wie spät ist es bei dir?«

»Nachmittags.« Sie sah auf den Wecker, der auf ihrem Nachttisch stand. »Vier Uhr.«

»Bei mir ist es kurz vor zwölf. Gleich beginnt der neue Tag.«

»Ich weiß«, sagte Svea, und der Umstand, dass er ihr einen Tag voraus war, verstärkte das Gefühl, zurückgelassen worden zu sein.

»Legt euch im Garten in den Schatten. Du hattest dich so auf die Bäume gefreut, weißt du nicht mehr? Von deiner letzten Wohnung aus konnte man nicht einen einzigen Baum sehen. Und jetzt? Wie viele Bäume gehören dir jetzt?«

»Vierzehn.« Svea hatte sie auf ihren Nachtwanderungen mit Linus gezählt. Eine Blutbuche, zwei Birken, eine Vogelbeere, drei Apfelbäume, zwei Kirschbäume, einer süß, einer sauer, drei Pflaumenbäume, ein Birnbaum und die große Linde. »Es ist zu heiß, um in den Garten zu gehen. Wie ist das Wetter bei dir?«

»Ganz anders, als ich es erwartet hatte. Dichter Nebel hängt in der Bucht und zwischen den kleinen Inseln.«

»Und das Opernhaus, hast du es schon gesehen?«

»Jeden Morgen von der Fähre. Aber es ist immer neblig. Man kann es nur erahnen. Ich habe es nicht einmal fotografiert.«

»Warum nicht?«

»Ich weiß nicht. Würdest du ein Foto davon machen, wenn es nicht so aussieht, wie du es dir vorgestellt hast?«

Svea überlegte. »Vielleicht gerade dann.«

»Schon komisch. Ich friere hier jeden Tag. Immer trage ich die alte Windjacke.«

Sie stellte sich vor, wie er im Anzug mit passender Krawatte, mit Lederschuhen und Aktenmappe an der Reling der Fähre stand und wie die himmelblaue Windjacke einen Schuljungen aus ihm machte. Ein Schuljunge, der auf der Nachtseite der Welt Frau und Kind hatte.

»Und Linus? Was macht Linus?« Christian sprach seinen Namen aus, als würde er ihn seit Jahren kennen.

Im Bett liegend drehte Svea sich um und strich Linus über den Kopf. »Ihm geht es gut.«

»Ich höre ihn nicht.«

»Er ist satt. Manchmal hilft das.«

»Ich würde ihn lieber hören.«

»Glaub mir, das würdest du nicht.« Svea fühlte Linus' Temperatur am Hals und an den kleinen Händen. »Wann musst du morgen los?«

»Heute«, erwiderte er.

Svea sah auf den Wecker. »Stimmt, heute. Wann musst du los?«

»Um sechs Uhr lasse ich mich von der Rezeption wecken. Um sieben sitze ich im Taxi zum Kongress.«

»Worum geht es?«

»Um silikonbeschichtete Release Liner.«

»Hm.«

Christian lachte. »Das sind veredelte Spezialpapiere. Wir sind darin Weltmarktführer.«

Wir, hatte Christian gesagt und damit nicht sie beide gemeint. Als würde er schon seit Jahren für Richter&Söhne arbeiten. Dabei hatte er erst eine Woche vor der Geschäftsreise seine Stelle angetreten. Einen Tag nach ihrem Umzug.

»Du fehlst hier«, sagte sie und dachte *mir*, dachte *uns*.

ZWEI MONATE LANG hatte Helene Kohlen und Steckrüben gezählt, als würden die Vorräte sich dadurch vermehren. Der feuchte Winter hatte die Fäule in die Kartoffeln getrieben. Lebensmittelkarten und Steckrüben waren alles, was ihnen geblieben war. Nachts kamen dunkle Gestalten aus der Stadt, drückten sich um das Haus und auch um den Stall. Weil der Wind pfiff, hatten sie nicht gehört, als eines der Kellerfenster aufgebrochen wurde. Auf der Suche nach Essen waren Plünderer ins Haus gestiegen und durch den Keller geschlichen. Einmachgläser mit Marmelade hatten sie mitgenommen und die fauligen Kartoffeln aus dem Ziegeneimer. Die Ziege sperrte Rudolf jetzt nachts in einen fensterlosen Verschlag im Keller. Die Hühner legten schlecht diesen Winter, und Sophie aß mittlerweile wie die großen Kinder.

Helene war mit Sophie in den Stall gezogen, um Geld zu sparen. Die Kammer, in der während des Hausbaus zwei Arbeiter gehaust hatten, diente seither zur Lagerung von Gerätschaften. Helene hatte ein Bett aus Stroh und Decken hergerichtet. Tagsüber war Sophie ohnehin bei Agnes und den Kindern im Haus. Nur zum Schlafen trug sie das müde Kind in die Kammer, die direkt neben dem Hühnerstall lag. Hier war es zugig und kühl. Es roch nach Kot und Staub. In allzu kalten Nächten brachte sie

Sophie zu den Klockenbuschkindern ins Bett. Die noch möblierten Zimmer im Haus hatte Helene an einen alleinstehenden Herrn vermietet, der bei der Bahn arbeitete und an den Abenden mit Fritz Schach spielte. Fast war es, als hätte sie nie dort gewohnt. Als hätte nicht Wilhelm das Bett gezimmert, in dem nun ein Fremder schlief, und als hätte nicht sie die kleine Sophie darin zur Welt gebracht, sondern eine völlig Fremde. Morgens saß sie dann selbst bis auf die Knochen durchgefroren am Frühstückstisch und wich den Blicken der anderen aus.

Rudolf, der als Papiermacher in der Fabrik arbeitete, erzählte ihr, dass Frauen gesucht wurden.

»Es ist harte Arbeit«, sagte Agnes.

»Es ist Arbeit«, erwiderte Helene und dachte an den schwindenden Kohlevorrat im Keller.

Rudolf nickte anerkennend und drückte ihr einen Bogen Fotopapier in die Hand. »Die ganze Welt will unser Papier kaufen.«

Helene befühlte die glatte Oberfläche und fragte sich, was man in diesen schlimmen Zeiten bloß fotografieren sollte. Von sich selbst besaß sie lediglich zwei Fotografien. Die eine zeigte sie mit den Eltern im Dorf ihrer Kindheit. Auf der anderen war sie mit Brautschleier neben ihrem Wilhelm zu sehen.

»Der Heinrich hat eine Kamera, der kann ein Bild von dir und Sophie machen«, sagte Rudolf, der ihr die Skepsis offenbar ansah.

»Wozu?«, fragte sie.

Helene wusste, dass alle im Haus ihre Kälte im Umgang mit Sophie spürten. Und manchmal kam es ihr so vor, als würde Sophie Agnes und Rudolf mehr lieben als sie. Der bloße Gedanke daran, dass sie ihrem kleinen Mädchen gleichgültig sein könnte, trieb ihr die Tränen in die Augen. Doch die Angst, Sophie an den Hunger zu verlieren und dann ganz allein auf der Welt zu sein, war so groß, dass sie sich innerlich von ihrer Tochter abkehrte. Selbst der kräftige Rudolf, der tagtäglich die Hebel der großen Papierpresse bediente, wirkte abgemagert. In der Stadt standen die Menschen an den Suppen- und Musküchen Schlange. Jeden Tag verhungerten Kinder.

»Ich meine nur, vielleicht wäre es schön, ein Bild von ihr zu haben. Von euch beiden zusammen«, sagte Rudolf.

»Habt ihr eine Fotografie von euren Kindern?«

Rudolfs Blick trübte sich. Er griff sich in die Brusttasche und gab ihr das kleine Bild. Agnes sah zu Boden.

»Wir waren bei ihm. Heinrich hat einen Hintergrund mit einer gemalten Landschaft, wenn man will. Agnes hat ihm dafür zwei Unterhemden gestrickt.«

Helene betrachtete das Foto. Agnes auf einem Stuhl, Rudolf stehend dahinter, um sie herum die Kinder. Im Hintergrund ein Berg, der nicht in die Gegend passte.

»Dieses Bild ist ein Abschied«, stellte Helene fest und gab es ihm zurück.

Sie wusste, dass Rudolf eine Erinnerung schaffen wollte, bevor es zu spät war. Eine, wie es sie von Sophie und Wilhelm und ihr nicht gab. Auf den Höfen hinter dem Stahlwerk hatte man erst gestern zwei Kinder begraben. Was auf den Feldern erwirtschaftet wurde, reichte längst nicht mehr aus, um alle sattzumachen.

Behutsam schob Rudolf das Bild zurück in seine Brusttasche. »Ich sorge wenigstens für meine Kinder.«

Ich auch, hatte Helene gedacht und das Fotopapier zurück auf den Küchentisch gelegt. »Sollen sie lieber Brotkarten drauf drucken.«

Am nächsten Tag lief Helene durch tiefen Schnee. Es war Februar. Sie ging entlang des zugefrorenen Bachlaufes, vorbei an Arbeiterhäusern, an den Hofgütern und Kolonaten, an immer vornehmeren Häusern. Weiße Villen säumten das Firmengelände und versprachen eine reine, saubere Welt. In der Mitte des Firmengeländes qualmte die Zigarre und ließ das wahre Gesicht der Fabrik erahnen.

Im Lumpensaal erinnerte nichts an die weißen Villen, nichts an den nach Moos duftenden Wald, der die Fabrik umgab, nichts an das klare Wasser, das ihr zugeleitet wurde und in ihr verschwand. Es war dunkel und roch nach Fäulnis. Alles schien zu gären. Das eben noch saubere Wasser troff hier als übelriechende Brühe aus den Kesseln. Die eingeweichten Kleider, das feuchte Holz der Dielen unter den Füßen der Frauen, ja die Frauen selbst sonderten einen kaum erträglichen Gestank ab. Helene wurde einer kleinen Gruppe zugewiesen. An langen Tischen entfernten sie Knöpfe und schabten den groben Dreck von den Kleidungsstücken. Es stank nach Talg und Schweiß. Es erschien ihr unbegreiflich, dass man aus all dem Dreck Papier, reines, weißes Papier herstellen konnte.

Am ersten Abend fing einer der Vorarbeiter sie ab. In seinem Büro kam Helene sich vor wie eine Bettlerin. Ihre Kleider waren durchnässt und hatten den Gestank fremder Körper angenommen. Sie sah zu Boden und faltete die Hände vor dem Rock.

»Wir brauchen noch ein Führungszeugnis von Ihnen, wenn Sie hier arbeiten wollen.«

Helene sah ihn fragend an.

»Sie sind nicht verheiratet, oder?«

»Ich war verheiratet. Mein Mann ist gefallen.«

Der Vorarbeiter sah nicht von seinen Papieren auf. »Also alleinstehend.«

»Verwitwet.«

»Bringen Sie uns ein Führungszeugnis von Ihrem Vermieter. Wenn er Ihnen einen sittlichen Lebenswandel attestieren kann, ist alles in Ordnung.«

Helene überlegte. »Ich bin die Vermieterin.«

Der Vorarbeiter sah auf und musterte sie.

»Nun«, sagte er und widmete sich wieder seinen Unterlagen. »Dann sollten Sie sich eine nachweisbare

Beschäftigung in den Abendstunden suchen. Etwas, das von einem geregelten Lebenswandel zeugt.«

Zögerlich trat Helene einen Schritt vor. »Ich habe ein Haus und ein Kind zu versorgen. Ich habe Mieter.«

Der Vorarbeiter musterte sie streng. »Wollen Sie hier arbeiten? Dann bringen Sie mir den Beleg, dass Sie eine ehrbare Frau sind. Melden Sie sich bei einer der Erfrischungsstellen oder beim Frauenverein. Viele der Frauen hier sind in Vereinen. Dort kann man Ihnen ebenfalls ein Zeugnis ausstellen.«

Helene nickte, machte einen Knicks und verließ den Raum.

In den nächsten Tagen lernte sie, die Lumpen nach Farbe und Material zu sortieren, zwischen Drillich, Leinen und Baumwolle zu unterscheiden. Sie trennte Nähte auf, entfernte Haken, Ösen und Knöpfe. In der Mazeration stand sie neben dem Stampfgeschirr, in dem die Stampfhämmer mit ohrenbetäubendem Lärm auf die eingeweichten Stoffstreifen hinabsausten, bis ein grauer Faserbrei übrigblieb. In der Bleiche stank es nach faulen Eiern. Das Chlor bleichte den Brei, machte ihn ansehnlicher, erträglicher.

Helene setzten die feuchte Wärme und der Gestank zu. Sie konnte nicht verstehen, dass die anderen Frauen ihre Kinder mit hierherbrachten. Ganz selbstverständlich spielten sie in dem Dreck unter den Sortiertischen.

»Das sehen sie hier gerne«, erklärte eine der Frauen und nickte in Richtung eines großen Holztores, ohne von den Lumpen abzulassen. »Dahinter ist die Presse. Da arbeiten nur Männer. Mit den Kindern, glauben die Vorarbeiter, werden sich hier alle anständig benehmen.«

Helene nickte und nahm die Arbeit wieder auf. Sie schwor sich, Sophie nie hierherzubringen.

DER GESTANK FÜLLTE den Raum und legte sich zwischen sie. Svea schämte sich dieses Geruchs wegen, schämte sich, als sei sie selbst es, die ihn absonderte. Dabei war sie für ihn nicht einmal verantwortlich. Andere vor ihr hatten ihr Haar, Hautschuppen und Seifenreste in diesen Rohren hinterlassen. Es stank nach Erbrochenem, nach Auswurf, nach Verwesung. Die Spuren derer, die vor ihr hier gewesen waren, verursachten einen Druck tief in der Magengegend. Mark schien die Luft anzuhalten. Seine Hände arbeiteten, doch sein Brustkorb stand still. Er verzog das Gesicht zu einer Grimasse und atmete zur Seite. In der Drehung des Kopfes spannte sich sein Hals und ließ eine kräftige Sehne hervortreten, die den Tiger leicht anhob. Und der Anblick seines Halses ließ sie nicht los. Sie fragte sich, wie er an dieser Stelle roch, stellte sich vor, wie die Sehne unter ihren Lippen nachgab, um sich dann erneut zu spannen.

Mark hustete, schüttelte sich und holte Svea damit aus ihren Gedanken.

»Ich brauche eine Wasserpumpenzange. Hast du sowas?« Mark sah sie an.

Das ganze Haus war unterkellert. In ihrer letzten Wohnung hatte es lediglich einen Besenschrank gegeben. Unnütze Dinge, die neben dem Staubsauger, dem Wischmopp, einer Sammlung von Jutebeuteln und einem Karton mit alten Fotos keinen Platz fanden, hatte sie wegschmeißen müssen. Ihr winziges Zimmer hatte keinen Besitz zugelassen. Dieser Keller mit seinen vielen Holztüren war jedoch voll mit alten Dingen. Beim Einzug hatte Svea Christian Vorwürfe gemacht, weil seine Sachen kaum in die Speisekammer hinter der Küche passten. Im Keller war einfach kein Platz für sie gewesen.

Neben der Holzlattentür, hinter der sich Türme aus alten Kartons voller unnützer Dinge gegenseitig stützten, gab es fünf weitere Türen. Die Rohre, die auch durch den Keller liefen, übertrugen Marks Hämmern aus dem Bad. Svea lauschte nach Linus, doch die Stille verriet ihr, dass er noch schlief. Svea musste sich konzentrieren, um die richtige Tür zu finden. Eine von ihnen führte zum ehemaligen Kartoffelkeller, in dem leere Einmachgläser, Töpfe, Pfannen, Blumentöpfe und Vasen lagerten. Die nächste Tür verbarg das, was Christian das *Archiv* genannt hatte. In Kleiderschränken, die die niedrige Decke und damit das gesamte Haus zu stützen schienen, waren die Diakästen seiner Eltern untergebracht. Svea hatte gelacht, als Christian ihr die ausziehbare Leinwand gezeigt hatte, die unter der Decke befestigt war.

Von hier ging eine weitere Tür ab, die zur Heizungsanlage führte, mit der Svea sich ob der Temperaturen noch nicht beschäftigt hatte. Auch wenn sie sich nicht auskannte, wirkte die Anlage vorsintflutlich auf sie. Was das für den Winter bedeutete, wollte sie sich nicht ausmalen. Darüber hinaus gab es noch einen winzigen, fensterlosen Verschlag, so klein, dass ein Erwachsener nicht ausgestreckt darin hätte liegen können. Hier lagerte ein Satz alter Winterreifen. Es roch nach sprödem Gummi.

Die letzte der Türen führte zu dem, was Christian den *Werkzeugkeller* nannte. Hier hoffte Svea auf eine Zange. Doch als sie die Tür öffnete, nahm ihr die dahinterliegende Unordnung jede Hoffnung. An den Wänden waren große Sperrholzplatten angebracht, auf denen Nägel und aufgezeichnete Umrisse den Bestimmungsort für je eines der Werkzeuge markierten. Sie erkannte die Umrisse unterschiedlichster Zangen. Doch keines der Geräte war an seinem Platz. Feilen, Spachtel und Schraubzwingen lagen ineinander verkeilt auf der Arbeitsfläche. Auf dem Boden und in Regalen standen eingetrocknete Farbtöpfe, lagen halbleere Tuben und Spulen von Bindfäden, deren Enden unauflöslich ineinander verwunden waren. Auf einem der Farbeimer erkannte sie einen verblichenen Preis in D-Mark. All die vormals nützlichen Dinge, die hier lagerten, erschienen ihr plötzlich wie Ballast auf ihren Schultern. Sie war nicht verantwortlich für all das. Svea gehörte nicht hierher, vielleicht gehörte sie nicht mal zu Christian.

Doch es ging hier nicht um sie beide, nicht um ihn und nicht um sie. Alle Entscheidungen, die Svea und

Christian in den letzten Wochen getroffen hatten, Entscheidungen, die sie zum ersten Mal gemeinsam treffen mussten, hatten Linus gegolten. Svea und Christian hatten nie zusammen ein Sofa kaufen, eine Wohnung suchen oder eine Reise planen müssen. Bei null fingen sie mit hundert Prozent an. Ihre erste gemeinsame Entscheidung betraf das Leben.

Nun war sie hier allein mit Linus und Christian unerreichbar weit weg. Svea unterdrückte einen Fluchtgedanken und versuchte sich einen Überblick zu verschaffen. Sie nahm einen alten Eimer, schüttete den Staub und Schmutz, der sich darin gesammelt hatte, auf den Boden und begann, Geräte, die sie nicht eindeutig identifizieren konnte, auszusortieren.

Es war, als atmete der Keller Staub aus, und Svea atmete ihn ein. Immer wieder lauschte sie. Linus war vor einer halben Stunde eingeschlafen. Als Svea ihn abgelegt hatte, hatte Linus sich geregt, als wollte er sie bitten. *Geh nicht zu weit weg.*

Doch Svea musste das hier erledigen. Sie musste Ordnung schaffen. Hinter einer hölzernen Waschtrommel kam ein verschnürtes Paket zu Tage. Svea stellte den Eimer beiseite und erfühlte zwei Bilderrahmen unter dem Papier. Sie hob den Fund auf die Arbeitsfläche und riss das Packpapier auf. Bereits durch den Schlitz erkannte sie die Fotografie eines Hauses. Sie riss das Papier weiter auf und suchte nach einer Jahreszahl, doch sie konnte keine finden. Sie wusste, dass das Bild ihr Haus zeigte, sie erkannte die Gaube und die trutzige Form. Trotzdem sah es sie eigenwillig aus der Vergangenheit heraus an. Das Haus hatte sein Gesicht verändert. Auf dem Foto hatte es Sprossenfenster, und zwei Bäume standen rechts und links von der kleinen Treppe zur Eingangstür. In den siebziger Jahren, vor seiner Geburt, so hatte Christian ihr erzählt, hatten seine Eltern die Fensterdurchbrüche vergrößert. Verglichen mit heute sah das Haus auf dem Foto schläfrig aus. Die Bäume waren gefällt worden, das kleine runde Fenster an der Gaube zugemauert. Es befremdete sie, dass vor ihr andere Menschen hier gelebt hatten, Menschen, die all diese Dinge hier hinterlassen hatten. Natürlich Christians Eltern, bevor erst viel zu jung der Vater und dann vor über einem Jahr die Mutter gestorben war. Woran, wusste sie nicht. Sie und Christian hatten dieses Thema gleichermaßen ausgespart. Doch Svea ahnte, dass der Tod der Mutter und Christians verspätete Rückkehr nach den Semesterferien irgendwie zusammenhingen. Vor den Eltern mussten Christians Großmutter und ihr Mann, die Eltern seiner Eltern, hier gewohnt haben, davor die Urgroßeltern.

Sie legte das Bild beiseite und drehte den zweiten, darunterliegenden Rahmen, bis das Glas den Lichtschein des Kellerfensters einfing. Drei Augenpaare sahen sie an. Vater, Mutter, Kind, dachte sie. Das Foto war alt, aufgenommen zu Beginn des zwanzigsten Jahrhunderts, schätzte Svea der Kleidung nach. Die Frau stand links, der Mann rechts, dazwischen ein kleines Mädchen, knapp zwei Jahre alt, auf einem Stuhl, der Mutter zugewandt. Der Vater wirkte abwesend und steif, während die Frau die kleinen Hände ihrer Tochter hielt.

Die Aufstellung schien zeitlos zu sein. Vater, Mutter, Kind. Solche Bilder gab es auch von ihr und ihren Eltern. Bevor Annika geboren wurde, hatten die Fotos, die Ursel gern zu Weihnachten verschickte, auf beängstigende Weise diesem Bild geähnelt. Im letzten Winter hatte Annika diese Tradition fortgesetzt und beim Fotografen Bilder von sich und ihrer Familie machen lassen. Svea hatte einen Abzug als Weihnachtskarte erhalten. Darauf saßen die Zwillinge nebeneinander auf dem Boden, und Annika und Jan knieten hinter ihnen.

Svea schüttelte den Gedanken ab und stellte den Rahmen so hinter ein Regal, dass die drei Gestalten gegen die Wand schauten. In der frei gewordenen Nische fand sie eine Werkzeugkiste, in der neben alten Nägeln und Haken auch eine Zange lag.

»Hat etwas gedauert. Geht diese hier?«

Mark wiegte den Kopf von rechts nach links. »Muss ich probieren.«

Er musste den Eimer mit den Überresten aus den alten Rohren bereits entsorgt haben, denn es roch nicht mehr so streng. Svea setzte sich auf die Fensterbank und sah ihm dabei zu, wie er den Siphon wieder zusammensetzte.

»War der Hund wieder da?«, fragte Mark und säuberte den Dichtungsring in einem Eimer mit klarem Wasser.

»Ja. Ich sehe ihn oft vom Fenster aus.« Svea reichte ihm einen Lappen.

»Man könnte einen Aushang machen. Vielleicht ist er irgendwo entlaufen.«

»Er sieht nicht so aus, als würde er jemandem gehören.«

»Oder jemand kümmert sich schlecht um ihn.«

Svea zuckte mit den Schultern.

»Hast du ihn gefüttert? Dann wird er wiederkommen«, sagte Mark.

»Nein. Ich will nicht, dass er kommt. Wegen Linus.«

»Eigentlich ist ein Hund nicht schlecht, wenn man ein so großes Haus hat.«

»Du hast auch keinen.«

Mark schmunzelte. »Wie gesagt, ich bin zu selten da.«

»Hast du je überlegt, hierher zu ziehen, jetzt wo das Haus leer steht?«

Mark schüttelte den Kopf und schwieg.

Svea drehte ihm den Rücken zu. Auf dem Schornstein des Stalls saß ein großer Rabenvogel, hüpfte im Kreis um die Öffnung und ließ ein Stöckchen, das er im Schnabel gehalten hatte, in den Schacht fallen. Svea beugte sich über die Fensterbank nach draußen und atmete tief ein.

»Die Vögel verhalten sich wirklich merkwürdig. Je länger ich sie beobachte, desto weniger verstehe ich sie.«

Mark sah zu ihr auf, stützte sich von den Fliesen ab und kam ans Fenster.

»Das sind Dohlen.«

Svea lachte leise.

»Was ist?«, fragte Mark.

Sie verschränkte die Arme vor der Brust. »Seit wir hier sind, erzähle ich Linus, das seien Raben.«

»Die Dohle gehört zur Familie der Rabenvögel.«

»Ich kann ihm nicht mal die einfachsten Dinge beibringen.«

»Natürlich kannst du das.« Mark ließ die Handschuhe auf die steinerne Fensterbank fallen. »Sieh genau hin.«

Das grelle Licht nahm Svea die Sicht, sie blinzelte. Die Dohle war zurückgekehrt, wieder ließ sie einen Stock in den Schornstein fallen.

»Ist es dasselbe Tier wie eben?«

Mark nickte. »Dohlen brüten in Baumhöhlen und Schornsteinen. Sie werfen Äste hinein, um zu testen, ob diese hängenbleiben. Auf dieser Unterkonstruktion bauen sie ihr Nest.«

Die Dohle breitete die Flügel aus und ließ sich auf die Wiese gleiten.

»Woher weiß der Vogel, wann es keinen Sinn mehr hat? Ich meine, wenn der erste, zweite, dritte Stock nicht hängenbleibt, begreift er dann, dass der vierte, fünfte, sechste es auch nicht tun wird? Wann gibt er auf?«

Mark hob die Schultern. »Er versucht es eine Weile, wenn es nicht klappt, fliegt er weiter.«

Svea löste die verschränkten Arme.

»Du musst Linus nicht erzählen, dass du das von mir hast.«

»Sehr witzig«, erwiderte sie.

Mark kniete sich auf den Boden und sammelte das Werkzeug ein.

»Wenn du nicht willst, dass die Dohlen dort brüten, musst du den Schornstein zumauern oder eine Steinplatte drauflegen.«

Svea stieß sich vom Fenster ab und betätigte den Wasserhahn. Gluckernd lief das Wasser ab.

»Das wird nicht lange vorhalten. Was ich gemacht habe, ist nur oberflächlich. Eigentlich müssten alle Rohre komplett ausgetauscht werden.«

Am Ende des Flurs fing Linus leise an zu weinen.

»Erstmal wird es gehen, danke.«

Mark wusch sich die Hände. »Geh ruhig«, sagte er.

Linus lag auf dem Bett und strampelte mit den Beinen, als wolle er weglaufen. Svea setzte sich und schob ihre Bluse hoch. In den wenigen Momenten, in denen Linus friedlich an ihrer Brust lag und trank, erschien das alles hier erträglich. Dann verließ Svea ihren Körper, lehnte den Kopf an die Wand im Rücken und stellte sich vor, weit weg zu sein. Und das andere Ende der Welt war dann nicht allzu weit entfernt.

DREI WOCHEN LANG hatte man im Frauenverein versucht, ihr das Stricken beizubringen, doch die Wolle wollte nicht durch ihre Hände. Der Faden rutschte nicht über den Finger wie bei den anderen, Helenes Nadeln übersahen die Maschen, ließen sie fallen. Löcher im Strickstück waren die Folge.

Niemand wollte verantworten, dass ein unbekannter Soldat an der Front sein Päckchen öffnete und neben einer Packung Tabak und einer Tafel Schokolade ein Paar löchriger Socken vorfand. Jedes Loch konnte verstanden werden wie ein Zeichen. Niemand hätte eine angebissene Tafel Schokolade oder ein angebrochenes Tabakpäckchen verschickt.

Helene musste den Strickkreis verlassen. Hinter der nun geschlossenen Tür schüttelte man den Kopf, vermutete sie. Eine Ehefrau und Mutter, die das Stricken nicht gelernt hatte. Sophies Söckchen strickte Agnes. Und die Socken der Soldaten würden ebenfalls andere stricken. Helene störte das nicht. Sie war ohnehin nur hier, um den Nachweis zu erbringen, dass sie sich nicht für die Männer in der Presshalle interessierte. Es erschien ihr geradezu widersinnig.

»Sie wohnen allein?«, hatte die Vorsteherin des Vereins gefragt und sich Notizen gemacht.

»Mit meiner Tochter im eigenen Haus. Ich habe Mieter.«

Die Frau, ebenfalls eine Witwe, sah sie von unten her an. »Alleinstehende Herren?«

»Zwei«, erwiderte Helene.

»Haben Sie vor, wieder zu heiraten?«

Helene war sich nicht sicher, wie sie die Frage beantworten sollte. »Wenn es mir vergönnt ist.«

»Käme da einer Ihrer Mieter in Frage?«

»Mein Mann liegt in Ostende«, erwiderte sie. »Ich wollte hier auf unserem Friedhof eines Tages neben ihm liegen. Ist es nicht Strafe genug, dass ich nun allein dort liegen werde?«

Die Vorsteherin nickte und unterschrieb das Zeugnis.

Beim Packen der Pakete, so vermutete man, konnte nicht viel schiefgehen. Helene stand mit einer schwarzgekleideten alten Frau und einem jungen Mädchen an einem Packtisch. Stoisch füllten die beiden Kekse und Tabakpäckchen in Kartons. Dies war die letzte Station, bevor die Liebesgaben auf Wagen geladen und an die Front transportiert wurden. Helene bedrückte das Wissen darum, dass viele dieser Pakete eine Henkersmahlzeit waren. Eine letzte Lungenfüllung, ein letztes Mal warme Füße. Ein letztes Mal die Hände einer Frau riechen, die diese Socken gestrickt hatten. Sie überlegte, ob auch Wilhelm ein solches Paket bekommen haben mochte. Ob auch er, der eigentlich nicht rauchte, zitternd Zigaretten gedreht hatte, gegen den Hunger und gegen die Angst.

Ob auch er die Socken angezogen hatte, obwohl er zu Hause immer barfuß über die Dielen gelaufen war, so viel Hitze, so viel Energie hatte er gehabt.

Helene musste sich auf der Tischplatte abstützen.

»Geht es Ihnen nicht gut?« Die alte Frau griff nach Helenes Arm. Das blasse Mädchen sah von seiner Arbeit auf und musterte sie.

»Einen Moment setzen?«, fragte es.

Die beiden Frauen stützten sie und führten Helene zu einem Stuhl.

»Ihr Mann ist noch nicht lange tot«, vermutete die Alte. »Sie verfolgen einen. Nachts ist es am schlimmsten.«

»Ich bin nicht sicher, ob ich das hier kann«, gab Helene zu.

Die Frau lachte. »Pakete packen? Oh doch, das können Sie. Und wissen Sie, warum?«

Helene schüttelte schwach den Kopf.

»Weil unsere Soldaten an der Front auch nicht gefragt werden, ob sie etwas können oder nicht. Sie tun es.« Die Alte drehte sich um, trat zurück an den Tisch und sprach in die andere Richtung. »Mit Ihrer Arbeit hier werden Sie dafür sorgen, dass das Leben vieler Soldaten ein klein wenig besser wird.«

Helene arbeitete wochentags in der Papierfabrik und half am Sonntag, wenn die Maschinen stillstanden, im Frauenverein. Doch das Packen der Liebesgaben wurde ihr nicht zur Routine. Alle anderen Frauen erledigten gefasst ihre Arbeit. Nur Helene zählte die Pakete, als würde sie Leichen zählen.

Nachts in der Kammer im Stall war es, als stünden die Männer um sie herum, sie rückten näher, schlossen die Lücken, durch die hindurch sie ihren Wilhelm noch hatte sehen können. Sie wurden zur Mauer. Eine Mauer mit Händen und Mündern und Füßen. Sie dachte an die vielen Hände, die den Tabak formten, die vielen Münder, die die Zigaretten rauchten und die trockenen Kekse aßen, die Füße, für die das Überstreifen der Socken wie eine letzte Liebkosung beim Abschied sein musste. Helene sah die Männer vor sich, mit jedem Paket einen mehr. Ihr Wilhelm stand mittlerweile ganz hinten, davor ein Heer Todgeweihter, die sie fütterte mit ihren Päckchen, die sie vertröstete mit ihren Zigaretten.

Die Pakete wurden schlecht oder gar nicht kontrolliert, es waren zu viele. Es wäre ein Leichtes gewesen, etwas zu entwenden, Tabak für Fritz oder eine Tafel Schokolade für die Kinder. Und genauso einfach war es, etwas hinzuzufügen.

Lieber Fremder,

wenn ich Ihnen heute schreibe, dann geschieht dies in meiner Not. Sie kennen mich nicht, und ich kenne Sie nicht. Trotzdem ist es mir ein Anliegen, Ihnen zu schildern, wie es mir ergangen ist und wie es auch Ihrer Frau und Ihren Kindern ergehen wird. Ich habe an diesen Krieg geglaubt, habe ihm meinen Mann mit guten Wünschen überlassen. Ich rechnete damit, meinen Mann verändert zurückzubekommen. Doch nun bin ich allein. Das Kind, mit dem er mich zurückgelassen hat, wird seinen Vater nicht kennen lernen.

Ich habe keine Vorstellung von den Vorgängen an der Front. Sie jedoch haben diese Vorstellung aus eigener Anschauung. Auch wenn ich Ihre Frau und Ihre Kinder nicht kenne, möchte ich Sie in ihrem Namen bitten, heimzukehren.

Helene Potthoff

SVEA BLINZELTE UND schirmte die Augen gegen das grelle Nachmittagslicht ab. Am Ende des Gartens standen die Bäume unbeweglich. Kein Luftzug ging, kein Tier strich durch das Dickicht. Svea machte kein Lockgeräusch, ging nicht hin zu der Stelle, an der sie den Hund vermutete, ohne ihn sehen zu können. Sie stellte die mit Wasser gefüllte Schale auf die Terrasse, sah sich noch einmal um und ging zurück ins Haus.

Sie nahm das Telefon von der Kommode im Flur und wählte eine Nummer. Svea musste sie von einem zerknitterten Zettel ablesen. Sie war nicht gespeichert, und Svea kannte sie nicht auswendig.

Am anderen Ende der Leitung wurde abgenommen, doch niemand meldete sich. Weit entfernt waren Kinderstimmen zu hören.

»Moment.«

Svea stutzte. Das klang nicht nach ihrer Schwester. »Annika?«

»Svea, du?«, hörte sie ihre Mutter sagen.

Sie zögerte. »Hallo, Ursula.«

»Seit wann nennst du mich so?«

»Seit ich erwachsen bin.«

»Du machst mich alt, wenn du mich so nennst. Sag lieber Ursel, so wie früher. Die Kinder sagen es auch schon.«

Die Stimmen ihrer Nichten waren im Hintergrund zu hören. Svea hatte die beiden Mädchen seit der Taufe nicht gesehen.

»Vertragt euch«, rief Ursula und klang tatsächlich wie die Ursel aus Sveas Kindheit.

Vertragt euch. Wie oft hatte die Mutter Svea und ihre jüngere Schwester auf diese Weise ermahnt. Sie dachte an die vielen Streitigkeiten, die es zwischen ihr und Annika gegeben hatte. Kämpfe mitunter, einen blutigen sogar, wobei keiner von ihnen beiden das gewollt hatte. Dass sie nun den Kontakt zu Annika suchte, war nicht nur ein Versöhnungsangebot. Svea sehnte sich nach jemandem, der ihr sagen würde, dass alles gut war, alles normal war, was sie im Augenblick fühlte und dachte.

»Wie geht es allen?«, wollte Svea wissen.

»Gut.« Ursel klang unsicher. Die lange Zeit, während der sie nichts voneinander gehört hatten, schien jede Äußerung zu erschweren.

An dem Morgen nach Christians Anruf, jenem Morgen, an dem feststand, dass Svea Linus bekommen würde, hatte sie bei Ursel angerufen. Ursel hatte es eilig gehabt, zu den Zwillingen zu kommen, Annika abzulösen, damit sie zur Arbeit gehen konnte. Svea hatte das Gefühl gehabt, mit ihrer überraschenden Schwangerschaft ein funktionierendes System zu stören. Deshalb hatte sie nichts gesagt. Ihre Unsicherheit, ihr Schweigen am Telefon musste wie Trotz geklungen haben. Ursel hatte Svea vorgeworfen, sich nicht für ihre kleine Schwester zu interessieren. Ein kurzer, heftiger Streit war die Folge gewesen. Ihr Vater hatte im Hintergrund versucht zu vermitteln, doch Svea hatte einfach aufgelegt.

Danach hatten sie nichts mehr voneinander gehört, bis heute nicht. Dass Svea in der Zwischenzeit ein Kind bekommen hatte, wusste Ursel von einer ihrer früheren Mitbewohnerinnen. Als Svea nicht mehr auf ihre Kontaktversuche reagierte, hatte Ursel in der Wohngemeinschaft angerufen, in der Svea zu Beginn des Studiums gewohnt hatte. Zwei Briefe hatte Ursel geschrieben, die ihr erst jetzt nachgesendet worden waren. Darin die Frage, ob sie allein war mit dem Kind und ob Ursel sie finanziell unterstützen könnte. Svea schämte sich dafür, dass ihre Mutter selbstverständlich davon ausging, dass sie allein sein musste.

»Annika ist bis nachmittags um zwei bei der Arbeit. Jan bis abends«, erklärte Ursel. Im Hintergrund lärmten die Kinder.

»Und du passt auf die Zwillinge auf?«

»Wir backen Kuchen. Nichts Besonderes.«

»Hmhm«, machte Svea und lauschte. Das hörbare Gezanke der Mädchen machte ihr Schweigen erträglicher.

»Du musst mir hierbei helfen, ganz ehrlich, allein schaffe ich das nicht. Ich meine, du bekommst ein Kind, das wir noch immer nicht gesehen haben. Und dann rufst du an, und ich weiß nicht mal, wo du jetzt wohnst.«

Svea schluckte. »Es tut mir leid, wirklich.«

Sie konnte hören, wie Ursel eine Tür hinter sich schloss und die Kinderstimmen damit erstickte.

»Weißt du was?« Ursels Stimme klang verletzlich. »Mir auch. Aber das kriegen wir wieder hin, oder?«

Laut über den Boden schabend zog ihre Mutter sich einen Stuhl heran.

»Klar«, sagte Svea und versuchte selbstsicher zu klingen.

Ursel seufzte.

In der Schwangerschaft war es Svea leichtgefallen, die Funkstille aufrechtzuerhalten. Zu vage erschien ihr noch das Verhältnis zu Christian, zu unerklärlich ihre Entscheidung für das Kind. Diese Zäsur, selbst von ihr herbeigeführt, entband Svea von der Pflicht, sich zu rechtfertigen, und verschaffte ihr ein Gefühl von bitterer Freiheit. Dass ihre Mutter Linus noch immer nicht gesehen hatte, gehörte zu dieser selbstgewählten Isolation. Erst mit Linus hatte Svea eine Sehnsucht entwickelt, die den Streit und die Distanz zu den eigenen Eltern in Frage stellte.

»Kommt mich doch mal besuchen, du und Papa.«

»Dich?« Ursel klang freudig, aber überrascht.

»Uns.«

»Gerne, wenn das für dich in Ordnung ist.« Ursel zögerte, als hätten sich die Voraussetzungen für den weiteren Verlauf des Gesprächs verschoben. »Seid ihr gut angekommen in der neuen Wohnung?«

»Es ist ein Haus.«

»Oh«, sagte Ursel. »Ein Haus?« Sie klang ungläubig.

»Ein altes Haus. Wir müssen es noch renovieren.«

»Wir?«

»Christian und ich. Es ist sein Haus.«

»Christian heißt er. Und er hat ein Haus«, wiederholte Ursel und schwieg.

»Was ist? Hast du etwas dagegen?«

»Nein, nein, es ist nur«, Ursel räusperte sich, »die Mädchen wissen es noch nicht, aber Annika und Jan verkaufen ihr Haus.«

Svea nahm den Hörer in die andere Hand und setzte sich auf die unterste Treppenstufe. »Aber warum?«

»Sie trennen sich.«

»Annika und Jan?« Svea konnte es nicht glauben. »Was ist passiert?«

»Sie haben sich auseinanderentwickelt«, sagte Ursel und ließ es wie eine Vermutung klingen.

»Und wer nimmt die Mädchen?«

»Annika natürlich. Sie zieht mit den Zwillingen in eine Wohnung. Jan kommt erstmal bei einem Freund unter.«

Svea wusste nicht, was sie sagen sollte. »Wie geht es Annika?« Das hatte sie seit Jahren nicht gefragt.

»Die Kinder haben bis jetzt nichts mitbekommen. Sie hat Angst davor, ihnen die Wahrheit zu sagen.«

Nach dem Telefonat saß Svea noch lange unbeweglich auf der Treppe. Nicht, dass Annikas Familienleben sie je sonderlich interessiert hätte, doch die

Tatsache, dass ihre Schwester an etwas scheiterte, was bei ihr über lange Zeit so selbstverständlich gewirkt hatte, verstärkte Sveas Unsicherheit. Alles war in Frage gestellt. Sie hatte geglaubt, dass ein Leben mit Christian und Linus in diesem Haus möglich war, wenn sie auch nur ein wenig so sein würde wie Annika. Obwohl Svea die genauen Umstände ihrer Trennung nicht kannte, spürte sie, dass das Leben der kleinen Schwester sie stärker betraf als ihr lieb war. In Svea stieg eine Wut auf, die weder Annika noch Jan betraf, sie betraf sich selbst und ihre Unentschiedenheit.

Svea stieg die Kellertreppe hinunter und holte das gerahmte Foto, das sie hinter das Regal im Werkzeugkeller verbannt hatte. Linus nahm sie mit in die Küche, in der es ihr um diese Uhrzeit am kühlsten erschien. Mit dem Bild setzte sie sich an den Küchentisch. Und während Linus leise jammerte, säuberte sie mit der freien Hand die Glasscheibe vom Staub. Svea legte den Lappen beiseite und lehnte den Rahmen gegen die Wand, um das Bild besser betrachten zu können. Drei Gestalten, Unbekannte aus einer anderen Zeit, aus einer anderen Welt.

Vater, Mutter, Kind, dachte Svea erneut.

Sie beugte sich über die Tischplatte und sah der Frau direkt in die Augen. Und die Frau auf dem Bild schaute zurück, in die Küche, in der sie vielleicht selbst einmal gesessen hatte. Sie schaute Svea und Linus an und sah traurig dabei aus. Nicht ängstlich, nicht verzagt, nur unendlich traurig. Und Svea fragte sich, woher diese Traurigkeit kam. Vater, Mutter, Kind. Sanft, behutsam hielt die Frau die Hände ihrer kleinen Tochter.

Linus quengelte lauter, Svea schuckelte ihn und legte ihn an die Brust. Erschöpft gab sein kleiner Körper nach, entspannte sich. Svea strich ihm über den Kopf, während er trank, hastig am Anfang, so als könnte sie weggehen und ihn hungrig zurücklassen, dann ruhiger, konzentrierter. Svea zog ihn näher an sich. Mit müden Augen erwiderte er ihren Blick. Sie fragte sich, was er sah, was er eines Tages in ihr sehen würde. Und sie hoffte, dass es keine Traurigkeit war.

DER MÄRZ WAR kalt und verschwendete Kohlen. Die Arbeit in der Lumpenhalle hatte Helene tiefe Schwielen an den Füßen und einen Ausschlag an den Armen verschafft. Ihre Hände waren von der Lauge so rau geworden, dass sich die eigenen Röcke fremd anfühlten, wenn sie diese anhob, um über die übelriechenden Rinnsale im Lumpensaal zu steigen. Helene sortierte Lumpen und schnitt Knöpfe ab. Immer wieder gab es Beschwerden, weil sie die Materialien nicht richtig zuordnete, Knöpfe vergaß und andere für sie nacharbeiten mussten. Man versetzte sie an das Stampfwerk, das die Lumpen zerkleinerte, um sie für den Gärprozess vorzubereiten. Der Lärm der Maschine verhinderte jeden klaren Gedanken. Der Geruch, der beim Anfaulen der Lumpen entstand, stieg ihr bis in den Magen. Sie aß kaum noch und verlor an Gewicht.

Sie wusste, dass die Gefahr groß war, an Milzbrand zu erkranken. Die Fäule fraß die Frauen, wie sie die Lumpen fraß. Helene spürte die Nässe und die Zugluft der Fabrikhallen in den Knochen, wenn sie Sophie von den Klockenbuschs in den Stall trug. Einzig die Last mit der Bank schien ihr vorerst von den Schultern genommen zu sein. Der Verdienst aus der Papierfabrik deckte die wichtigsten Kosten. Hans Bomke brachte einen Brief, in dem das verspätete

Eintreffen der letzten Rate für ihr Darlehen quittiert wurde. Helene befühlte das gestempelte Papier und war kurz versucht, daran zu riechen.

»Da wäre noch was.« Hans stand vor ihr und wippte in den Knien. Er zog einen Brief aus der Tasche und hielt ihn Helene hin.

»Feldpost«, sagte er.

»Für mich?« Helene zögerte, den Brief anzunehmen.

»Steht drauf. Helene Potthoff.«

Sie nahm den Feldbrief entgegen und drehte ihn in den Händen. Der Absender war ihr nicht bekannt.

Hans schien ihr Stutzen bemerkt zu haben. »Hast du noch einen Onkel an der Front?«

Helene sah ertappt auf. »Einen Cousin«, log sie.

»Natürlich«, erwiderte Hans, verabschiedete sich und klopfte bei Gerlinde, um sich seinen Likör abzuholen.

Helene versenkte den Brief ungeöffnet in ihrer Rocktasche.

»Ich muss los«, rief sie Agnes durch die geöffnete Zimmertür zu.

»So früh? Willst du nicht noch mit uns frühstücken?«

Sophie saß aufrecht, die älteren Kinder der Klockenbuschs nachahmend, am Tisch und beachtete Helene nicht. Seit kurzem konnte sie die ersten Worte sprechen. Sie sagte *Fitz* und *Agne* und *Olf*, wenn sie Rudolf meinte. Sie konnte die Tiere im Stall benennen und ihre Geräusche nachmachen. Nur für Helene hatte sie keinen Namen. Manchmal kam Sophie Helene selbst wie ein kleines Tier vor. Sie aß, wenn sie hungrig war, schlief, wenn sie müde war, und folgte munter der Herde. Dass Helene ab und an zu dieser Herde hinzustieß, schien sie nicht weiter wahrzunehmen. Und Helene wusste, dass sie selbst schuld daran war.

»Danke«, sagte Helene und meinte bloß das Frühstück für Sophie. »Ich hole sie abends rüber.«

Eilig lief sie die Allee in Richtung Fabrik hinunter. Als sie die Zigarre in der Ferne sehen konnte, bog sie in den Wald ab. Sie folgte ihrer Erinnerung zu einem Ort, an dem sie zur Zeit des Hausbaus einige Male mit Wilhelm gewesen war, wenn sie hatten allein sein wollen. Abseits des Weges fand sie das Versteck fast unverändert vor. Lediglich die umstehenden Bäume waren kahl, und herabgefallenes Laub verdeckte die Höhle zwischen zwei Wurzelballen umgestürzter Bäume. Sie setzte sich in den Schatten der aufragenden Wurzeln und griff in ihre Tasche. Ihre Hände zitterten, als sie das Kuvert aufriss.

Geehrte Frau Potthoff,

in meiner Zeit als Frontsoldat sind mir bisher drei Liebesgaben zuteilgeworden. Die gestrickten Socken aus dem ersten Paket wärmen mir heute die Füße. Der Tabak aus dem zweiten Paket füllt mir die Lungen, wenn der Magen mal wieder leer bleibt. Ihre Gedanken jedoch richten sich an mein Herz und machen es schwer. Ich habe weder Frau noch Kinder, die auf mich warten. Lese ich Ihre Zeilen, so verstehe ich, dass es gut ist, niemanden in der Heimat mit Ängsten und Sorgen wie den Ihren zu belasten. Was jedoch ist mit mir? Ich habe kein Ziel, keinen Sehnsuchtsort, zu dem ich nach diesem Krieg zurückkehren werde. Meine Jugend ist vorbei, und mein Erwachsenenleben hat noch nicht begonnen.

Wenn dieser Brief Sie erreicht, habe ich Wege gefunden. Schreiben Sie mir an die Feldküche unter angegebener Adresse, bitte, dort wird nicht so streng kontrolliert

Franz Selhorst

Niemals hätte Helene Antwort erwartet, niemals geglaubt, dass einer der Soldaten aus der Mauer heraustreten würde. Er ließ seine Stimme hören und sein Gesicht erahnen. Seine Finger, die nach ihrem Tabak rochen, nahmen einen Bleistift und schrieben Worte. Worte, die ihr zu sagen vermochten, dass er noch lebte, dass es ihn, einen von vielen, noch gab.

Helenes Herz klopfte gegen ihre Brust. Der unbekannte Soldat hatte einen Namen. Er hieß Franz. Das vom Herzen beförderte Blut stieg ihr in den Kopf und in eine Gegend zwischen den Beinen, die sich seit dem Abbruch ihrer Schwangerschaft taub angefühlt hatte. Helene sehnte sich nach einer Berührung.

»Das ist mein Platz.«

Helene schnellte herum und ließ den Brief in der Tasche verschwinden. Auf den kräftigen Baumwurzeln über ihr stand jemand und sah zu ihr herab. Helene hielt die Hand vor das Licht. Sie kniff die Augen zusammen, um zu entscheiden, ob es sich um einen Mann oder eine Frau handelte.

»Das ist mein Platz.«

Die Silhouette war die eines Burschen. Die Gestalt trug Hosen und ein loses Hemd, das für die Witterung viel zu dünn sein musste. Ihre Stimme war rau und rauchig, trotzdem eindeutig weiblich.

»Es ist auch mein Platz«, rief Helene kleinlaut hinauf, »war mein Platz.«

»Ich teile nicht gern«, sagte die Fremde und kletterte geschickt zu Helene hinunter. »Denn es teilt nur selten jemand freiwillig mit mir.« Ihr Akzent klang nach östlichen Gebieten. Sie rollte das R, was ihren Worten eine Härte verlieh, die Helene von einer Frau nicht gewohnt war.

»Gehörst du zum Stahlwerk?«

Die Frau zog einen fauligen Apfel aus der Hosentasche und biss hinein.

»Ich arbeite in der Papierfabrik.«

»Die ist da hinten«, sagte die Frau mit vollem Mund. »Dann hast du dich verlaufen. Das hier ist nämlich das Gelände des Stahlwerks.«

»Ich weiß«, erwiderte Helene.

»Dann weißt du auch, was dort hinter dem Zaun und der nächsten Baumreihe ist?« Die Frau zeigte mit ausgestrecktem Arm an Helene vorbei. Helene konnte den Schweiß riechen, der unter ihren Achseln dunkle Flecken im Stoff hinterlassen hatte.

»Das Werk?«

»Das Werk liegt weiter rechts. Hier, direkt geradeaus, weißt du, wer dort wohnt?«

Helene schüttelte den Kopf.

»Der Hunger höchstpersönlich.« Die Frau lachte heiser und schlang den letzten Bissen samt fauligem Kerngehäuse herunter. »Also, wenn du nichts zu essen dabeihast, verschwinde lieber.«

Als die Fremde einen Schritt auf sie zumachte und in ihre Schürze greifen wollte, rannte Helene los. Die Frau rief ihr hinterher.

»Schinken und Käse und Eier und Speck und Kuchen …«

Den Rest verstand Helene nicht mehr.

Zurück auf dem Weg, ordnete sie ihren Rock. Mehrfach sah sie sich um, ob die Frau ihr folgte.

Das Papier, das den Tag über in Helenes Rocktasche ruhte, streichelte ihren Oberschenkel, tätschelte sie mit jedem Schritt, den sie in der Lumpenhalle tat. Hätte niemand sie beobachtet, wäre sie in der Umkleide der Frauen allein gewesen, sie hätte ihn sich in die Bluse gesteckt, um ihn zu schützen vor den ätzenden Laugen und ihn zu spüren wie eine Hand an ihrer Brust. Der Vorarbeiter musterte sie aus der Ferne, als stünden ihr die Gedanken ins Gesicht geschrieben.

Am Abend war die Schürze nass und lag schwer auf ihren Beinen. Der Brief war durchtränkt und kaum mehr zu öffnen, als sie durch den Wald lief. Sie musste ihn loswerden, bevor sie zu ihrem Kind nach Hause gehen konnte. Und weil sie keinen anderen Ort wusste, an dem der Brief aus der Welt und trotzdem bewahrt war und vor Regen und Nässe geschützt blieb, ging sie zurück zu der Baumwurzel. Nur mit Mühe fand sie den Hohlraum in der Dunkelheit, tastete hinein und fand ihn leer. Sie schob das feuchte Papier in einen Spalt zwischen den Wurzeln und stopfte ein paar Blätter hinterher. Hier war der

Gedanke an die fremde Hand auf erleichternde Weise mit Wilhelm verknüpft. Hier hatte er, ihr Ehemann, sie auf den Waldboden gedrückt. In ihrer Erschöpfung malte sie sich aus, es wäre Wilhelm, ihr Wilhelm, der ihr da aus dem Feld schriebe. Zwar waren seine Worte bedenklich, doch es bestand noch Hoffnung, dass er zurückkehrte, dass dieser Krieg endete, irgendwann, und alles wieder so wäre wie in dem Sommer davor.

Und als wäre sie dort, in dem Sommer vor dem Krieg, drangen wieder jene Stimmen zu ihr, die damals über die von der Sonne erwärmten Felder geflogen waren.

Helene öffnete die Augen und fand sich in Dunkelheit wieder, doch die Stimmen waren noch immer zu hören. Sie hallten durch den Wald, als würden sie nach ihr rufen. Fast blind lief sie in die Richtung, aus der die Stimmen kamen, stieg über Wurzeln und Äste, bis eine Laterne mitten im Wald einen hohen Zaun erleuchtete. Hinter der Absperrung konnte sie einen Unterstand mit langen Tischen und Bänken sowie mehrere Baracken ausmachen. Erneut hörte Helene die Stimmen. Aus nächster Nähe klangen sie nicht mehr wie die Stimmen des ersehnten Sommers, nicht wie Wilhelm oder Rudolf, die auf den Feldern beim Haus arbeiteten. Die Stimmen klangen angefacht von zu viel Schnaps. Helene blieb im Schatten eines Baumes stehen und beobachtete, wie zwei Männer einen Burschen festhielten und auf die Rückseite einer Baracke zerrten. Erst als sie ihn umdrehten und ihn gegen die Wand pressten, erkannte Helene das Gesicht. Einer der Männer tastete die jungenhafte Gestalt ab, wurde gröber und griff unter das Hemd. In diesem Augenblick entwand sich das Opfer ihrem Griff, schlug einem der Männer mit geballter Faust ins Gesicht und rannte davon.

SVEA SCHLOSS DIE Haustür hinter sich und sah nach oben. Die Jahreszahl unter dem Dachfirst datierte das Haus auf 1912. Über hundert Jahre, dachte sie. Nichts anderes, was sie besaß, war so alt. Gegenüber quoll der Briefkasten über. Mark hatte sie seit Tagen nicht gesehen. Blinzelnd sah Svea die Straße hinunter. Sie wollte zu dem kleinen Supermarkt am Kreisel. Der Morgen war bereits drückend schwül, und Svea schwitzte. Linus lag fest vor ihren Bauch gebunden in einem Tragetuch. Sie spürte, wie er atmete. Sveas Schweiß tränkte ihre dünne Bluse und seinen Strampler.

Der Straßenzug wirkte verlassen. Nur die gepflegten Vorgärten wiesen darauf hin, dass hinter den Rollläden tatsächlich Menschen lebten. In der Ferne sah sie eine Frau in ein Auto steigen und davonfahren.

Über der Obsttheke des Supermarktes drehte sich ein Ventilator und wirbelte Schwärme von Fruchtfliegen auf. Svea packte Haferflocken und Beuteltee in den Einkaufskorb. Die Tageszeitung steckte sie zurück in den Ständer. Sie würde ohnehin nicht dazu kommen, sie zu lesen.

Sie legte ein Paket Waschmittel und eine Flasche Milch auf das Band. Hinter der Kasse saß ein junges Mädchen. Svea sah sich nach anderen Mitarbeitern um, doch es schien keine zu geben. Das Mädchen grüßte nicht, zog nur gelangweilt die Waren über das Band.

»Ich brauche einen Entrümpler«, erklärte Svea unvermittelt.

Die Kassiererin sah nicht auf, zuckte lediglich mit den Schultern und nannte den Betrag.

Svea suchte die Münzen aus ihrem Portemonnaie zusammen. »Ich bin zugezogen und suche jemanden, der mir den Keller ausräumt.«

Das Mädchen zeigte durch den geöffneten Eingang hinüber zu einem kleinen Zeitungslädchen.

»Fragen Sie Schorsch. Der nimmt fast alles.«

Svea kniff die Augen zusammen und spähte zur anderen Straßenseite.

»Der Laden sieht geschlossen aus.«

»Urlaub.«

»Und wie lange noch?«

»Da hängt ein Zettel«, sagte das Mädchen und deutete auf das verrammelte Ladenlokal. Sie zuckte erneut mit den Schultern, zog den Kassenschlüssel ab, stand auf und verschwand zwischen den Regalen.

Bis auf eines waren alle Fenster des kleinen Kiosks mit Zeitungen zugeklebt. Ein handgeschriebener Zettel machte wenig Hoffnung. Der Besitzer war für zwei Monate verreist. Handgemalte Palmen verrieten, dass er nicht bloß an die Nordsee gefahren war. Über Beginn und Ende der zweimonatigen Auszeit gab der Zettel keine Auskunft. Für dringende Fälle war eine Handynummer angegeben.

Svea zögerte kurz, dann gab sie die Nummer in ihr Telefon ein. Das Klingeln ertönte im Innern des Ladens. Svea linste durch das freie Fenster, als jemand von innen eine weitere Zeitungsseite abriss. Sie trat einen Schritt zurück, und die Tür wurde geöffnet.

»Nanu«, sagte der Mann. »Neue Gesichter.«

Er bugsierte einen Aufsteller durch die Tür, darauf stand *Ab morgen wieder geöffnet*.

»Sind Sie Schorsch?«, fragte Svea.

»Der bin ich.«

Svea schätzte ihn auf Ende siebzig. Er war groß und hatte volles, graues Haar. Er trug Shorts, Sandalen und ein verwaschenes Hemd mit kurzen Ärmeln, das vermutlich einmal rot gewesen war.

»Ich brauche einen Entrümpler. Ich muss alte Sachen loswerden.«

Schorsch musterte sie und schielte von der Seite in das Tragetuch. Svea drehte sich etwas, um ihm den Blick auf Linus zu ermöglichen.

»Ich wohne da hinten.« Sie deutete die Straße hinunter.

»Sie wohnen in der Zigarrenkiste.«

»Wo?«

»Zigarrenkiste.«

Svea sah ihn ratlos an.

»Die Zigarrenkiste war das erste Haus, das hier

stand. Hausnummer eins. Bis hin zu den Arbeiterhäusern der Papierfabrik stand damals kein anderes.«

»Ich verstehe nicht.«

»Der Schornstein der Fabrik. Haben früher alle hier *die Zigarre* genannt. Jetzt sieht man ihn kaum noch, weil die Bäume so hoch sind.«

»Ich wohne nicht in der Nummer eins.«

»Nein«, den Finger in der Luft, zählte Schorsch die Häuser der Straße durch. »Dreizehn, fünfzehn … dreiundzwanzig ist die Zigarrenkiste heute. Früher Nummer eins, heute dreiundzwanzig. Früher war man hier auf dem Land. Es sind viele Häuser dazugekommen.«

»Nummer dreiundzwanzig«, bestätigte Svea, »da brauche ich jemanden, der mir hilft.«

»Sehr alte Sachen vermutlich«, sagte Schorsch. »Manches könnten Sie verkaufen.«

»Ich kenne mich mit Antiquitäten nicht aus.«

»Nein, echte Antiquitäten gibt es in dem Haus keine.« Schorsch lachte und schüttelte den Kopf. »Das war hier keine reiche Gegend, als das Haus gebaut wurde. Einfache Leute, einfache Einrichtung.«

»Aber Sie haben es sich doch noch gar nicht angesehen.«

»Oh doch.« Schorsch feixte. »Sie wissen nicht, wer ich bin, oder?«

Svea schüttelte den Kopf.

»Ich bin über …«, wieder zählte er mit dem Finger

in der Luft, »... fünf Ecken mit Christians Mutter verwandt.«

Linus regte sich und drückte auf Sveas Magen.

»Gewesen. Also auch mit Christian. Mit ihm noch immer. Dann aber über sechs Ecken.« Schorsch lächelte und zupfte an seinem Hemd. Einer der Knöpfe war mit der falschen Garnfarbe angenäht.

»Heiß, oder? Wollen Sie nicht reinkommen?«

Svea betrat den Kiosk. Im Inneren war es angenehm kühl, die Zeitungsseiten vor den Scheiben hatten die Hitze weitestgehend ausgesperrt.

Svea strich Linus über den Rücken.

»Sie kennen Christian?«

Schorsch tauchte hinter seinem Tresen wieder auf.

»Als Junge hat er hier immer bunte Tüten gekauft.«

Svea schüttelte den Kopf. »Was?«

»Bunte Tüte für eine Mark, viel saure Stäbchen, keine Colafläschchen. Das war Christian.« Schorsch sah sich um, als müsse er sich nach der Reise erst wieder im eigenen Laden zurechtfinden.

»Wo hab ich denn ...?« Er tauchte ab und wieder auf und reichte Svea eine Trauerkarte.

»Christians Mutter?«

»Die Beerdigung hat im kleinen Kreis stattgefunden. Christian war auch dort. Ich war zu der Zeit auf Bali.« Schorsch wirkte bekümmert.

»Ging zu schnell.« Er schüttelte den Kopf.

»Tut mir leid«, sagte Svea. Das Datum der Beisetzung stimmte mit Christians verspäteter Rückkehr nach den Semesterferien überein. Eine innere Stimme verbot ihr, weiter nachzufragen.

»Wär ja jetzt Ihre Schwiegermutter, wenn ich richtig gehört habe?«

»Wir sind nicht verheiratet.« Svea wiegte sich mit Linus hin und her.

»Trotzdem.« Schorsch zeigte auf Linus. »Mit dem kleinen Kerlchen bin ich dann über sieben Ecken verwandt.«

Er schien sich zu freuen, und Svea lächelte schwach.

»Und wir beide?« Er machte eine wegwerfende Handbewegung. »Zu kompliziert. Was trinken? Einen Stuhl?«

Svea nickte. Schorsch ließ sie unter dem Tresen hindurchtauchen.

»Ich habe mit meinem Bauch auch immer Probleme. Man bräuchte eine Klappe, na ja.«

Im winzigen Hinterzimmer lagerten Getränkekisten in Stapeln, die Svea bis über den Kopf reichten.

»Ein Fluch und ein Segen, das Flaschenpfand. Meine Altersvorsorge in Kisten«, scherzte Schorsch.

Er klappte zwei Stühle auf, und Svea setzte sich vor ein Regal, dessen Bretter sich unter der Last von Großpackungen mit Schokoriegeln und Weingummi bogen.

»Saure Stäbchen«, sagte Schorsch und zeigte auf einen Bottich hinter ihr. »Die mochte Christian am liebsten. Bei mir gibt's die noch immer.«

»Dann kannten Sie auch Christians Vater?«

»Oh ja, guter Mann, hat sich immer sehr um die Zigarrenkiste gekümmert. Der galt was in der Nachbarschaft. Konnte anpacken. Hat das alte Haus erhalten, als hätte er es gebaut, dabei hat er nur eingeheiratet.«

»Sie kennen hier wirklich jeden.«

»Jeden«, Schorsch nickte stolz und machte Svea eine Flasche Kirschlimonade auf.

Sie war so süß, dass Svea beim ersten Schluck erschrak.

»Würden Sie mir helfen, die Sachen im Keller zu sichten?«

Schorsch zögerte, als würde er abwägen, ob es sich lohnte. »Sollen die Sachen bloß auf den Sperrmüll?«

»Sie können schauen, ob Sie etwas davon haben wollen, der Rest kommt weg.«

»Viele interessante Sachen wird es dort nicht geben, in Ihrem Keller«, sagte Schorsch und wiegte den Kopf von links nach rechts, »aber gut.«

»Dann helfen Sie mir also?« Svea stand auf.

»Ich schau mir das mal an.« Er reichte ihr die Hand.

Mit einem Arm um Linus' kleinen Körper tauchte Svea unter dem Tresen hinweg.

»Flaschenpfand«, sagte sie und gab Schorsch die halbvolle Limonade zurück.

Sie öffnete die Tür und hielt inne. »Wissen Sie, ob jemandem hier in der Gegend ein Hund entlaufen ist?«

Schorsch stützte die Ellenbogen auf den Tresen. »Habe ich nichts von gehört.«

»Es gibt da diesen Streuner, ich sehe ihn ab und zu.«

Schorsch schüttelte den Kopf. »Rehe hat man hier manchmal im Garten, weil der Wald so nah ist. Aber die verschwinden von allein wieder. Ängstliche Viecher.«

Lieber Herr Selhorst,

wenn ich Ihnen ins Feld schreibe, ist mir so unwohl, dass ich den ganzen Tag keinen Bissen herunterbekomme. Im Frauenverein sagt man uns, dass Sie und Ihre Kameraden von unseren Liebesgaben Ermutigung, frohe Nachricht und Trost erwarten. Mit derlei kann ich nicht dienen. Nur zögerlich erreichen uns hier Nachrichten, nicht auf Zeitungsseiten gedruckt, sondern hinter vorgehaltener Hand geflüstert, und alle erzählen vom Tod. Die Papierfabrik und das Stahlwerk sind so gut wie ohne Männer. Von denen, die gegangen sind, kehrt kaum einer zurück. Ich frage mich, wie ein Land ohne Männer sich selbst erhalten soll. Wir sind Alleingelassene.

In großer Sorge

Helene Potthoff

EIN PÄCKCHEN MIT Brotkanten, drei Äpfel vom letzten Herbst, ein Glas Mus, das alles hatte Helene schon zu der Baumhöhle getragen. Hatte es gut sichtbar abgelegt, an dem Ort, an dem die andere es finden würde. Hatte gewartet, umsonst gewartet jedes Mal.

Wenn sie dann wiederkam, fand sie an Stelle der Lebensmittel kleine Dinge. Einen Zapfen, ein Stück Schnur mit Knoten, einen metallischen Zylinder. Und die Dinge sagten ihr, dass die andere ihr Essen gefunden hatte, dass sie hierherkam, dass sie mehr wollte, dass sie noch lebte. Und weil das Versteckspiel ohne Worte ablief, erschien es ihr sicher.

Ein sicherer Ort auch für andere Geheimnisse. Jeden Brief, den sie erhielt, trug sie zu den umgestürzten Bäumen, las ihn dort erneut, wieder und wieder. In ein Tuch gewickelt, zwängte sie den Packen in einen Spalt in der Rinde. Bei jedem Besuch im Wald fand sie auf diese Weise den fremden Soldaten an einem Ort, an dem sie an ihn denken durfte. Dann stellte sie sich vor, dass er es war, der ihr die Dinge hier hinterließ. Kleine Beweise dafür, dass es ihn wirklich gab und dass er zu ihr kommen würde.

Als dann die andere und nicht er plötzlich vor ihr stand, schien das keine Rolle zu spielen. Jemand war zu ihr gekommen, jemand, der bei ihr sein wollte.

Sie hieß Magdalena.

»Magda«, sagte sie, lachte bitter und stellte ein Bein auf einen Findling. »Ich weiß nicht, wann das letzte Mal jemand meinen Namen wissen wollte.«

Vielleicht war es der Gesichtsausdruck, mit dem Magda sich in jener Nacht dort im Wald hinter den Baracken der Misshandlung widersetzt hatte, der Helene dazu veranlasste, wieder und wieder hier auf sie zu warten. Magdas Gesicht war ausdruckslos gewesen, nicht von Furcht verzerrt, nicht wütend.

»Was machst du hier? Hast du keine Angst?« Magda stützte die Arme auf die Hüften.

Helene zuckte mit den Schultern. »Du scheinst keine zu haben.«

Magda lachte und hob den ölverschmierten Zeigefinger. »Man darf sie nur nicht zeigen, die Angst. Dann verschwindet sie einfach.«

»Sagen wir«, Helene überlegte, »ich möchte das lernen. Bringst du es mir bei?«

»Keine Angst zu haben?«

Helene nickte, griff in die Tasche ihrer Schürze und zog ein Päckchen heraus. Sie hielt es Magda hin, als wollte sie ein scheues Tier anlocken.

»Wirf her.«

Helene ging in die Knie. Das Päckchen flog im hohen Bogen, und Magda fing es einhändig aus der Luft. Sie lachte erneut und schüttelte den Kopf. »Du wirfst wie ein Mädchen. Jeder, der das sieht, weiß, dass er mit dir alles machen kann.« Sie hockte sich in den Schatten der Wurzeln, riss das Papier auf und verschlang das Brot mit großen Bissen.

Helene raffte ihren Rock, kletterte über loses Geäst und hockte sich neben sie.

»Warum bist du dort im Stahlwerk?«

»Ich war zur falschen Zeit am falschen Ort.«

»Bist du eine Gefangene?«, wollte Helene wissen.

Magda musterte sie und schüttelte den Kopf. »Unschöne Bezeichnung. Ich bin Arbeiterin.«

»Aber du bist nicht freiwillig hier«, schloss Helene.

»Wer tut heutzutage schon etwas aus freiem Willen.«

Helene zögerte. »Mein Mann, er ist freiwillig in den Krieg.«

Magda lachte. »Das bin ich auch.«

»Du?« Helene sah sie prüfend an.

»Mein Mann musste gehen, also bin ich mit ihm gegangen.«

»In den Krieg?«

Magda nickte ausdruckslos und deutete auf Helenes linke Hand. »Der Ring, den du da hast, steht er nicht für ewige Treue?«

Helene betrachtete den Finger, an dem ihr Ehering auf etwas hinwies, das längst vergangen war.

»Treue«, wiederholte sie leise und betrachtete Magdas schrundige Hände.

»Wo ist dein Ring?«

»Ich hab ihn in den Karpaten gelassen. Mit meinem Mann.«

»Du hast ihn sterben sehen?« Helenes Stimme zitterte.

Magda sah sie prüfend an. »Als sie uns gefangengenommen haben, haben sie ihn erschossen. Ich habe neben ihm gestanden und durfte mir nichts anmerken lassen. Für den Feind war ich nur sein Kamerad.«

Helene stockte das Herz.

»Wann haben sie gemerkt, ich meine, wann ist aufgefallen, dass du kein Soldat bist?«

»Wir sind in großer Kolonne gefangengenommen worden. Da hat mich niemand bemerkt. Erst Tage später, als wir uns in einem See waschen sollten und ich den Armeemantel ausziehen musste …«, Magda verstummte mitten im Satz. Sie schlang den letzten großen Bissen runter und schlug sich gegen die Brust. »Hast du was zu trinken mitgebracht?«

Helene schüttelte irritiert den Kopf.

»Nächstes Mal bringst du was zu trinken mit«, forderte Magda kühl.

»Wein, Bier, Schnaps, was darf es sein?« Helene stand auf, klopfte sich den Rock ab und wollte gehen.

Doch Magda hielt sie an der Schürze fest.

»Lass los. Lass mich gehen.« Helene versuchte sich zu befreien, doch Magda hielt sie gefangen. Ihre Hände waren durch die Arbeit stark geworden. Entspannt lehnte sie sich zurück und ließ Helene zappeln.

»Lass los«, äffte Magda sie nach. »Wer ist jetzt die Gefangene?« Plötzlich und ohne Vorankündigung ließ sie die Schürze frei.

Helene, die ihr ganzes Körpergewicht eingesetzt hatte, fiel nach hinten und landete in einer Pfütze.

Magda wischte sich die Finger an ihrer Hose ab. »Erste Regel: Wenn einer was von dir will, dann geh auf ihn zu, egal ob dir die Knie schlottern. Zeig ihm, dass du da bist und ertragen kannst, was immer er mit dir vorhat.«

Helene stand auf und befühlte die nasse Rückseite ihres Kleides. »Machst du das so?«, wollte sie von Magda wissen.

»Du hast gefragt, warum ich im Stahlwerk arbeite.« Magda sah sie nicht an. »Ich habe geschickte Hände. Das hilft in vielen Lebensbereichen. Die Männer im Werk wissen das zu schätzen.«

Sie hob einen Stein vom Waldboden auf und schleuderte ihn mit solcher Wucht gegen einen Baum, dass ein Stück Rinde abplatzte.

»Zieh den nassen Rock aus. Ich kann ein Feuer machen.«

»Ich muss nach Hause.«

»So durchnässt solltest du nicht durch die Kälte laufen.«

Magda stand auf und begann Feuerholz zu sammeln.

»Na los, zieh dich aus«, befahl sie. »Mich stört es nicht, wenn deine Unterhosen geflickt sind.«

Helene sah zu Boden und begann ihr Kleid aufzuknöpfen.

Klamm und schlaff hing es über einem Ast am Feuer. Kaum etwas unterschied ihr Kleid nun noch von den Lumpen, die Helene tagtäglich durch den Reißwolf schickte.

»Was machst du da in der Papierfabrik?«, wollte Magda wissen.

Helene überlegte. Sie hätte von den Massen von Kleidungsstücken erzählen können, viele davon besser erhalten als das, was Magda am Leib trug. Oder von den anderen Frauen, mit denen sie nur die nötigsten Worte wechselte. In Helenes Träumen wuchsen die Lumpenberge. Menschen starben, und ihre Überreste landeten bei ihr. Der Unterschied zwischen Lumpen und Leichen verschwamm.

Wenn sie den groben Schmutz von den Lumpen entfernte, war ihr, als radierte sie die Menschen aus, die darin gesteckt hatten. Was aus den Schütten in der Vorwäsche herausquoll, ihr in die Stiefel sickerte und sie auf glattem Boden zum Schlingern brachte, war Menschenmodder, war Menschheitsschlick. Die Frauen wateten durch Auswurf.

Bei der Arbeit fühlte Helene sich wie gehäutet. Als könnte man sie selbst für Lumpen halten, sie auf den Tisch zwischen die Schütten werfen und sie abschaben, bis nichts mehr übrigbliebe.

Was, so fragte sie sich, war der Mensch also anderes als sein eigener Dreck.

Erst am Vortag hatte es in der Lumpenhalle einen schlimmen Unfall gegeben. An der großen Stampfe war ein Riemen gerissen, das Gewicht war ungebremst heruntergesaust und hatte den Fuß einer jungen Frau in die moderigen Lumpen gedrückt. Alle hatten geschrien und waren durcheinandergelaufen. Zehn Frauen zusammen hatten es nicht geschafft, das Bein der Frau zu befreien. Helene war durch den Morast an das Tor der Presshalle geeilt, hatte es unter Missachtung aller Regeln aufgestoßen und gegen den Lärm der Maschinen angeschrien. Wie Invasoren waren die Männer in die ihnen verbotene Halle eingedrungen. Und obwohl sie den Fuß der Geschädigten mit Hilfe einer Seilwinde befreien konnten, empfand Helene ihre bloße Anwesenheit als bedrohlich. So als hätte sie selbst dem Unheil die Tür geöffnet. Dabei war das, was innerhalb der Lumpenhalle geschah, schon übel genug.

»Ich tue das, was nötig ist.«

»So wie ich«, erwiderte Magda.

Magda, so erfuhr Helene, arbeitete in der Granatenfabrikation.

»Immer da, wo ich gerade gebraucht werde«, sagte sie.

Helene dachte an den Vorfall hinter den Baracken. »Das ist Männerarbeit.«

»Von denen gibt es dieser Tage nur immer weniger. Und das auf beiden Seiten.« Magda schien sich über etwas zu amüsieren. »Granaten sind nicht wählerisch. Wer sie gießt, sie presst, sie kontrolliert, sie zählt, ist ihnen egal. Wen sie am Ende treffen, auch. Komisch, nicht wahr?«

Helene stellte sich die riesigen Lager vor, in denen die Granaten aufrecht in Reih und Glied standen wie Soldaten an der Front. Jede Granate ein Soldat, nein, eine ganze Kompanie. Helene wurde schlecht. Sie dachte an die Felder in Ostende und weiter östlich, wo Magdas Granaten in tiefen Kratern lagen und drum herum wie Schaulustige die Körper der gefallenen Soldaten.

»Wie kannst du dort arbeiten?«

»Man hat mich nicht gefragt.« Magda sah in den Himmel zwischen den Baumkronen, als erwarte sie den Einschlag einer Bombe. »Jede zweite Woche bin ich in der Halle für den Farbauftrag eingeteilt.«

»Du malst die Granaten an?«

Magda nickte. »Jede Granate, bei der ich die Farbe auftrage, ist gegen mich gerichtet, gegen meine Leute, gegen alle Russen.«

Helene ahnte, wie Magda sich fühlen musste.

»Ich könnte sie markieren, mit Grüßen versehen. *An meine Landsleute, von Magda.*« Mit kreisenden Bewegungen ihrer erhobenen Hand schrieb sie den Satz in die Luft.

»Solche Scherze macht man nicht.« Helene stocherte mit einem Ast im Feuer.

»Kein Scherz. Ich könnte sie gleich selbst erschießen. Eine gute Idee. Warum schickt ihr nicht uns statt eurer Männer in den Krieg?«

Helene schüttelte den Kopf und drückte die Glut, die sich an der Spitze des Stocks gebildet hatte, im feuchten Waldboden aus wie eine Zigarette.

»Ha«, machte Magda. »So könnten wir gegen uns selbst kämpfen, und die Verluste wären nicht so tragisch.«

»Sag sowas nicht.«

Magda griff sich gespielt grüblerisch ans Kinn. »Aber wer baut dann hier die Waffen?«

»Hör auf.« Helene sprang in Unterwäsche auf. »Du redest, als wäre alles längst verloren.«

Magda sah sie ausdruckslos an. »Da gibt es nur ein einziges Problem.«

»Welches?«, fragte Helene flehend.

»Wenn für dich alles gewonnen ist, ist für mich alles verloren. Und umgekehrt.«

Helene schüttelte den Kopf. »Das will ich nicht glauben.«

»Du glaubst wirklich, das würde alles, alles wieder werden?« Magda sah sie fragend an.

»Kann es das nicht?«

Magda sah Helene in die Augen, bis diese sich wegdrehte.

»Ich muss zurück, sonst fällt es einem auf, der gleich auf mir liegen will«, sagte sie leise.

Helene rupfte ihren Rock von dem Ast und schlüpfte hinein. »Wie hältst du das aus?«

»Wie hältst *du* das alles aus?«

Helene schüttelte den Kopf, ihr kamen die Tränen.

»Ich weiß es nicht. Ich weiß es wirklich nicht.« Sie schluchzte, bis Rotz aus ihrer Nase floss. Sie dachte an Sophie und daran, dass ihr kleines Mädchen ohne Vater, ja vielleicht ganz und gar ohne einen Mann im Haushalt aufwachsen würde. Sophie würde stark sein müssen, so stark, dass sie ohne Vater, ohne Bruder auskam.

»Die Menschheit wird zur Hälfte erschossen, und die andere Hälfte, die noch da ist, die das letzte bisschen retten könnte, wird zermahlen wie dreckige Lumpen«, Helenes Stimme brach.

Magda hob den übriggebliebenen Brotknust auf und steckte ihn in die Tasche. »Wenn du weinst, dann nur um dich. Ich bin aus deiner Rechnung längst rausgefallen.« Dann drehte sie sich um und verschwand zwischen den Bäumen.

SVEA STAND AUF der Terrasse und schüttete das Schälchen Wasser, in dem vor wenigen Sekunden eine Amsel gebadet hatte, über dem Rasen aus. Nachts hatte sie den Hund vom Schlafzimmerfenster aus beobachtet. Sie kannte nun die Stelle, an der er durch den Zaun kam.

Sie ging zurück ins Haus und stellte die leere Schale in die Küchenspüle. Dann nahm sie das Telefon und wählte Christians Nummer.

»Hallo«, Christian klang müde. »Wie geht es euch?«

»Ich habe Schorsch getroffen«, sagte Svea und verschwieg Mark.

»Den vom Kiosk? Den gibt es noch?« Christian lachte leise. »Ist er nicht uralt?«

»Er wirkt noch ziemlich fit. Hat versprochen mir zu helfen, den Keller zu entrümpeln.«

»Hast du schon alles durchgesehen? Vielleicht sollten wir manches aufheben. Mein Vater hatte ein richtiges Ersatzteillager. Irgendwas geht immer kaputt.«

»Aber kannst du es denn dann reparieren?«

Christian zögerte. »Ich kann es lernen.«

»Hm.«

»Da ist noch mehr Gerümpel.«

»Mehr als im Keller?« Svea konnte es sich kaum vorstellen. Christian hatte ein Haus geerbt, bevor er gewusst hatte, mit wem er es teilen sollte, bevor es sie und Linus in seinem Leben gegeben hatte. Und nun, wo sie es nutzen wollten, war kaum Platz für sie.

»Auf dem Dachboden über dem Stall sind noch Sachen.«

Voll bis unters Dach, dachte Svea. »Warum hast du das Haus damals eigentlich nicht verkauft?«

Christian zögerte. »Wer hätte es kaufen sollen?«

»Keine Ahnung, irgendjemand. Du hättest am Ende des Studiums nicht mehr arbeiten müssen, du hättest genug Geld gehabt.«

»Irgendwie konnte ich das nicht.«

Svea lehnte die Trittleiter an die Hauswand, stieg die Stufen hinauf, öffnete die kleine Außenluke und schlüpfte in den Dachboden des ehemaligen Stalls. Es war zum Ersticken warm. Auf den ersten Blick lagerte hier vor allem Brennholz, das nie gebraucht worden war, weil es mittlerweile keinen Ofen mehr im Haus gab. Holz, das jemand mit großer Mühe durch die kleine Luke hier hereinbefördert haben musste, damit die Zeit und die Technik ihn überholen konnten. Svea fragte sich, was von ihr bleiben würde, welche Spuren ihrer Arbeit in vielen Jahren noch sichtbar wären. Ihre Augen gewöhnten sich an die Dunkelheit. Etwas Licht fiel durch die Spalten der unverputzten Dachziegel. Ein alter Taubenschlag lag im hinteren Teil des Dachbodens, als wären seine Bewohner gerade eben erst ausgeflogen. Körnerfutter lag verstreut auf den Bodenbrettern, die Sitzstangen waren mit Vogelkot übersäht. Svea sah sich um. Im Halbdunkel über ihr machte sie die Querbalken aus, die das Dach stützten. Darauf lagerten neben einigen alten Eisenstangen zwei verstaubte Kartons.

Auf der Terrasse im Garten lag Linus auf einer Decke und blinzelte in das orangefarbene Dach des Sonnenschirms. Svea hockte sich zu ihm und öffnete den ersten Karton. Ihre Finger waren stumpf vom Staub, wodurch die Dinge, die sie auspackte, sich fremd anfühlten. Sie fand ein Holzkästchen mit angelaufenem Silberschmuck, ein verschnürtes Bündel Briefe und viele Fotos, allesamt lose und deutlich kleiner als das gerahmte Bild. Svea breitete die Fotos auf der Decke aus, als hätte sie vor, mit Linus Memory zu spielen.

Eines der Bilder zeigte die Bauphase des Hauses. Ohne Dach, mit nackten Balken wirkte es verletzlich. Ganz klein auf einem der Dachbalken erkannte Svea zwei Arbeiter. Ein anderes Foto zeigte ein Hochzeitspaar, sie in Schwarz mit weißem Schleier, er mit Frack und Zylinder. 1909 stand mit Bleistift auf der Rückseite geschrieben. Neuere Farbfotos zeigten das Innere des Hauses. Svea erkannte die Tapete mit den gelben Blümchen, die es noch heute in der Speisekammer gab. Sie erkannte Christian als kleinen Jungen auf dem Schoß der Oma.

Ein ganz kleines und wieder viel älteres Bild zeigte eine Frau und ein Kind. Svea kniff die Augen zusammen und hielt es ins gleißende Licht jenseits des Sonnenschirmschattens. Sie erkannte das Motiv, es war die Miniatur des gerahmten Bildes, das nun auf dem Esstisch in ihrer Küche stand. Nur fehlte hier etwas, nein, jemand.

Svea stand auf und ging ins Haus. Im Werkzeugkeller fand sie eine Lupe. Auf dem Weg nach draußen ging sie in die Küche, nahm das gerahmte Bild und klemmte es sich unter den Arm. Linus strampelte, als sie sich wieder zu ihm auf die Decke setzte. Sie legte die eben entdeckte Miniatur auf das größere Bild. Mit der Lupe suchte sie das Foto, auf dem nur Mutter und Kind abgebildet waren, nach einem Hinweis ab. Dann verglich sie jedes Detail mit dem größeren Bild. Jede Kleinigkeit, die Haltung der Finger, der Sitz der Kleider, jede Falte im Stoff, der Ausdruck der Gesichter bis hin zu den Mundwinkeln war identisch. Alles stimmte, nur dass auf der Miniatur zwei Personen abgebildet waren und auf der großen Abbildung drei. Anders als bei den Suchbildern, die sie von früher aus Kinderzeitschriften kannte, war hier der Fehler offensichtlich. Ein Foto ohne Mann, ohne Vater, eines mit ihm. Ihr erschien es unbedeutend, ob man den Mann im Anzug aus dem kleinen Bild herausretuschiert hatte oder in das größere hinein. Wirklich anwesend schien er auf keinem der beiden zu sein.

Er ist nicht da, dachte Svea. Doch es klang in ihren Gedanken wie *du bist nicht da. Du sitzt am anderen*

Ende der Welt. Du kannst gar nicht auf unserem Bild zu sehen sein.

Svea nahm die Lupe und betrachtete den Geist auf dem gerahmten Foto. Ernsthaft blickte er in die Kamera, jedoch nicht in jene, die dieses Bild aufgenommen hatte. Der Mann, das schien nun sicher, war zu einer anderen Zeit an einem anderen Ort fotografiert worden. Svea rechnete zurück. 1909. Wenn das Hochzeitspaar Christians Urgroßeltern waren, dann war das kleine Mädchen auf dem gerahmten Bild seine Großmutter. Svea legte den Rahmen beiseite, sortierte die kleineren Bilder und betrachtete lange jenes Bild, das die Großmutter Jahrzehnte später mit Christian als Kleinkind zeigte. Doch zwischen der alten Dame und dem kleinen Mädchen auf dem Familienporträt war keine Ähnlichkeit mehr auszumachen. Die Zeit hatte alle Zeichen verwischt. Svea konnte nur ahnen, dass sie es war. Im Schneidersitz saß sie vor diesem Rätsel und betrachtete den Mann, der wahrscheinlich Christians Urgroßvater gewesen war. Eines der Bilder war eine Fälschung, und Svea spürte, dass sie es nicht einfach auf sich beruhen lassen konnte. Christians Vergangenheit wurde nun auch zu ihrer, als wäre das Elternsein ein Gürtel, der sie aneinanderband. Seine Vergangenheit bedingte ihre Zukunft.

Sie sortierte die Bilder zurück in den Karton. Dabei fiel ihr das Bündel Briefe wieder in die Hände. Svea zog den obersten heraus und las.

Liebe Frau Potthoff,

ein ehrliches Wort ist in diesen Tagen mehr wert als jede Aufmunterung. Die Realität, die sich vor meinem angelegten Gewehr formt, ist nicht mehr zu verleugnen. Auch ich bin mit Freude, jugendlicher Freude in den Krieg gezogen. Doch nun erkenne ich die Lüge. Ein Kamerad erhielt dieser Tage einen Brief seiner Mutter. Sie schrieb, dass sie froh sei, dass das Heer so gut versorgt werde. Sie muss es in der Zeitung gelesen haben. In Wahrheit fehlt es an allem. Verpflegung und Futter für die Pferde sind knapp. Mensch und Tier sehen sich gegenseitig beim Verhungern zu. Es fehlt an Sätteln und Pferdegeschirren, an Gewehren und Schuhzeug, sogar an Uniformen. Unsere Soldaten sehen nicht einmal mehr aus, als könnten sie kämpfen. Was einmal kaputtgeht, kann nicht ersetzt werden. Ich habe keinen Spiegel mehr und bin froh darüber.

Franz Selhorst

DIE PAPIERFABRIK TRANK das Wasser der Bäche und Sümpfe. Der Mühlenteich reichte längst nicht mehr aus, um ihren Durst zu stillen. Sie soff das klare Wasser, in dem Moorfrösche und Rotbauchunken sich tummelten, und spie eine trübe Suppe wieder aus. Ein milchiger Bach, angestrahlt vom Mond, leuchtete in dunklen Nächten und erhellte den Wald hinter der Fabrik in Richtung Stahlwerk. Helene folgte seinem Lauf tiefer in den Wald hinein. Sie ließ sich von dem Schein leiten, bis ein Zaun den Wald durchschnitt und auch den Bachlauf überspannte. Das trübe Wasser floss durch das Gitter des Zauns und hinterließ Lumpenfetzen und Fasern, die sich auf Höhe der Wasserlinie verfingen. Wäre man mutig gewesen, man hätte sich in die Brühe wagen können, hätte tauchen können, um auf die andere Seite zu gelangen. Doch Helene fand sich selbst weder mutig, noch wollte sie genauer wissen, was auf der anderen Seite lag. Sie kannte die Auswirkungen der Laugen auf der Haut, hatte Ekzeme an Händen, Armen und Knöcheln. Manchmal waren ihre Schuhe vom Umschichten des Halbzeugs so durchnässt, dass die Haut in den Strümpfen zu brennen schien.

»Kannst wohl nicht schwimmen?«, hörte sie eine Stimme aus der Nacht jenseits des Zauns. Es war Magda, die ihr nackt mit einem Bündel im Arm aus der Dunkelheit entgegentrat. Ihr blasser, hagerer Körper leuchtete im Mondschein. Helene konnte die Muskeln sehen, die die Arbeit im Stahlwerk ihr verschafft hatte. Ihre kleinen festen Brüste warfen Schatten.

»Nicht«, rief Helene, doch da war es schon passiert. Magda hatte ihr Bündel über den Zaun geworfen und sprang kopfüber in die ätzende Brühe. Für wenige Sekunden war sie verschwunden. Diesseits des Zaunes tauchte sie wieder auf. Helene eilte ihr entgegen, wollte ihr heraushelfen, doch Magda war schneller.

»Wir müssen das abwaschen, unbedingt.«

»Zweite Regel: Sei dir sicher, wer oder was der Feind ist«, sagte Magda, griff nach ihrem Bündel und streifte die Kleidung über ihren nassen Körper.

»Glaub mir, es ist nicht gesund.«

»Was uns dieser Tage umbringt, ist etwas anderes.«

»Mich bringt es um.« Helene kratzte an dem Schorf, der sich auf ihrem Unterarm gebildet hatte.

»Kleinigkeit.«

»Für dich ist alles eine Kleinigkeit.«

In der Ferne hinter ihnen waren Stimmen zu hören. Unverständlich drangen sie zu ihnen herüber. Magda packte Helene am wunden Handgelenk, zog sie aus dem Lichtkegel, der von den Baracken zu ihnen herüberfiel, und stieß sie tiefer in den Wald. Am langen Arm zog sie Helene hinter sich her. Magda war mit ihren Kleidern und ihrem dunklen Schopf nun fast unsichtbar. Helene folgte einem Geist. Sie stolperte über Wurzeln und Steine und wäre fast gefallen, als Magda abrupt stehenblieb.

»Hier sind wir weit genug entfernt«, sagte sie, »zeig, was du hast.«

Helene griff in die Tasche ihrer Schürze und gab Magda einen Apfel.

»Das ist alles?« Sie verschlang ihn mit Stiel und Kerngehäuse, hustete nach dem letzten schnellen Bissen und schlug sich gegen die Brust.

»Ich muss zurück.«

»Jetzt schon?« Helene suchte in der Dunkelheit nach ihrem Blick. »Wir könnten ein Feuer machen. Du könntest noch etwas bleiben.«

Doch Magda schüttelte den Kopf. »Sie werden mich suchen. Meine Arbeit ist gefragt.«

Ohne ein weiteres Wort verschwand sie in der Dunkelheit und ließ Helene blind und allein zurück.

Drei Abende hintereinander brachte Helene in Packpapier gewickeltes Brot dorthin, wo der Bach den Zaun querte. Doch Magda kam nicht.

Als sie am vierten Abend wieder auftauchte, wollte Magda sich nicht ausziehen.

»Komm rüber«, sagte Helene, »ich habe sogar ein kleines Stück Speck.«

Magda war wortkarg und wirkte müde. Helene musste ihr das Brot in kleine Stücke brechen und durch den Zaun reichen. Wenn Magda die Brocken entgegennahm, beleuchtete der Bach die Schwielen an ihren Handgelenken. Helene konnte sich die Situation dazu ausmalen und versuchte, die Bilder zu verdrängen.

Die halbe Nacht saßen sie stumm beisammen, jede auf ihrer Seite des Zauns. Erst als Magda sich ins hohe Gras sinken ließ und einschlief, traute Helene sich, hinüberzufassen und ihren Kopf zu streicheln. Ihr Haar war drahtig und talgig wie das Fell eines alten Hundes. Helene strich ihr eine Strähne aus der Stirn und streichelte ihre Wange, wie sie es nachts manchmal bei Sophie tat.

Wenn Sophie schlief, fiel es Helene leichter, sie anzusehen. Dann strich sie ihrer Tochter über die Wangen und hielt ihre kleine Hand.

Und als hätte Magda ihre Gedanken gelesen, griff sie im Halbschlaf nach Helenes Fingern, zog sie zu ihrer Brust herunter und legte die eigenen Hände schützend darüber. Langsam öffnete sie die Augen.

»Ich denke wieder mehr an meinen Mann«, sagte Magda leise. »Ich dachte, ich hätte ihn vergessen, aber jetzt ist er wieder da. Und in meinen Träumen sieht er aus wie vor dem Krieg.«

Nie hatte Helene daran gedacht, was für ein Leben Magda vor dem Krieg geführt hatte. Nie hatte sie in Betracht gezogen, dass Magda je anders gewesen war als jetzt.

»Vor dem Krieg in Russland?«

Magda nickte schwach.

»Er war Lehrer, so wie ich.«

Helene traute sich kaum zu fragen.

»Wie ist er gefallen?«, sagte sie leise.

Magda schloss die Hände enger um Helenes Finger.

»Ein gegnerischer Offizier hat ihn aus nächster Nähe erschossen. Er hat ihm die Waffe direkt an den Kopf gehalten.«

Magda hatte alles mit ansehen müssen, doch sie hatte im Gegensatz zu Helene Gewissheit. Sein Tod war nicht zu leugnen, sie hatte ihn mit eigenen Händen unter die Erde gebracht, an Ort und Stelle, stumm und ohne Tränen, wie einen Kameraden. Ob der Feind Deutscher gewesen war, wagte Helene nicht zu fragen.

»Du hast zumindest Sophie«, sagte Magda.

»Ohne den Krieg läge ein besseres Leben vor ihr. Eines mit einem Vater. Ich hätte sie auf die Schule geschickt. Nun wird sie früh im Haus mithelfen müssen.«

»Ich könnte sie unterrichten, deine Tochter.«

»Worin?«

»Deutsch, Russisch, Literatur, Musik, Mathematik, was du willst.«

»Musik, das würde ihr gefallen.« Helene lächelte schwach. »Sie ist ganz vernarrt in die Geige.«

ALLE HOLZTÜREN STANDEN offen, und durch die alten Kellerfenster fiel im flachen Winkel Licht herein. Schorsch stand zwischen den Kartons im ehemaligen Kartoffelkeller und kratzte sich am Hinterkopf.

»Das alles? Bist du sicher?«

Svea verschränkte die Arme vor der Brust und nickte. Schorsch nahm eine der Porzellanvasen vom Regal, drehte sie in den Händen und betrachtete mit schräggelegtem Kopf den Stempel am Vasenboden.

»Hutschenreuther.«

»Kannst du haben«, sagte Svea.

Schorsch nickte und zog ein Stück zerknülltes Zeitungspapier aus einem der geöffneten Kartons. Er wedelte es durch die Luft, um es zu entfalten.

»1976«, sagte er und hielt Svea die Zeitungsseite hin.

Sie betrachtete die Jahreszahl und die Schwarzweißbilder auf vergilbtem Grund.

»Da haben sie gerade die Straßenbahnnetze ausgebaut.« Erwartungsvoll sah er Svea an.

Sie ließ die Arme sinken und zog die Augenbrauen hoch. »Wenn wir so weitermachen, wird das dauern.«

»Ja, ja«, erwiderte Schorsch, schlug die Vase in Papier und legte sie zwischen die anderen Gefäße zurück ins Regal.

Svea versuchte einzuschätzen, wie sich sein Leben anfühlte, den ganzen Tag im Kiosk und abends ganz allein zwischen alten Dingen. Sie stellte sich seine Wohnung wie ein Museum vor, nur nicht so sauber.

»Hallo«, drang eine Stimme vom oberen Ende der Kellertreppe zu ihnen herunter. Svea hatte die Tür für Mark offengelassen.

»Der Container ist gerade gekommen«, rief er, als er die Kellertreppe hinunterstieg.

Svea griff nach einem leeren Einmachglas. »Wir haben schon angefangen.« Unsicher blickte sie zwischen den beiden Männern hin und her. »Das ist …«

»Ach«, machte Schorsch und streckte die Hand aus. »Mark, wo bist du gewesen?«

Einen guten Meter ließ Mark zwischen ihnen Platz und ergriff seine Hand. »Das könnte ich auch fragen.«

»Ihr kennt euch. Klar«, sagte Svea.

Mark nickte und sah Schorsch herausfordernd an.

»Ich kenne Edith, gut, sehr gut. Kannte, früher.« Schorsch betrachtete seine nackten Zehen in den Sandalen.

»Sie ist jetzt im Heim«, sagte Mark, steckte die Hände in die Hosentaschen und machte sich mit abgewinkelten Ellenbogen breiter, als er ohnehin schon war.

Schorsch nickte. »Hab ich gehört.«

»Du kennst sie von früher?«, fragte Svea, um die Situation zu entschärfen.

»Sie ist …«, Schorsch sah an die niedrige Kellerdecke, als müsste er weit zurückrechnen, »vier Jahre älter als ich.«

»Tatsächlich? Nur?« Sie konnte sich Schorsch nicht in einem Altenheim vorstellen.

»Gute Gene«, sagte er und lächelte Svea an, »also ich.«

Schorsch machte den Oberkörper lang, wobei sein Hemd hochrutschte und einen Streifen seines Bauches freigab. »Früher ging man bei ihr zum Tanz.«

»Hier gegenüber?«, fragte Svea.

»Ja. Im rechten Teil des Hauses war früher eine Gaststätte. Mit Saal.«

»Sie würde sich über einen Besuch freuen«, unterbrach Mark ihn.

Schorsch wand sich. Er sah zu Boden und ließ die Zehen wippen. »Heim, das ist nichts für mich. Nicht mal auf Besuch.«

Svea konnte nur erahnen, wie sehr Ediths neuer Tagesablauf seinem eigenen Lebensstil zuwiderlief.

»Du kümmerst dich jetzt um ihr Haus?«, sagte er in Marks Richtung, ohne ihn anzusehen.

»Tut ja sonst keiner.«

Schorsch nickte schuldbewusst. »Gut, dass sie dich hat.«

Mark sah Svea an, nahm die Hände aus den Taschen.

»Du solltest sie besuchen.« Mark klang wie gedämpft. »Edith würde sich freuen. Irgendwann ist es zu spät.«

Schorsch nickte bedächtig. »Jetzt erst mal anpacken.«

Sie brauchten den halben Tag, um allein den ehemaligen Kartoffelkeller zu entrümpeln. Nach und nach schleppte Mark ganze Platten Sperrholz, alte Möbelteile und vollgepackte Kartons die Treppe hinauf und versenkte sie im Container. Immer wieder lief Schorsch ihm hinterher, um dann, halb über dem Container hängend, Dinge wieder herauszufischen, die er für noch tauglich befunden hatte. Eine alte Mikrowelle, ein komplett unbenutztes Waffeleisen in Originalverpackung, drei Eimer ungeöffneter Farbe und die eingewickelte Hutschenreuther-Vase landeten in Schorschs Kofferraum.

Am Abend standen zwei Kellerräume leer. Schorsch half Svea, die provisorisch in der Speisekammer verstauten Kartons in einen der leeren Räume zu bringen.

Missmutig sah Svea sich um, betrachtete die bröckelnden Wände, die sie noch würde verputzen müssen, den ausgetretenen Boden und die im Raum stehenden Kisten. Es waren Christians Kartons, und Svea wusste nicht, was darin war. Sie waren nicht beschriftet. Svea öffnete einen Deckel und sah hinein.

»Was ist?«, fragte Schorsch. »Nicht zufrieden?«

»Doch, doch«, sagte sie, »danke, wirklich.«

»Es ist nur …«, sie sah sich um.

»Sieht jetzt ein bisschen verloren aus, euer Hab und Gut.«

Svea nickte. Aber mehr noch als der viele Raum, den es zu füllen galt, ängstigte sie die Tatsache, dass sie mit Christian ein Leben teilen wollte, von dem sie nicht einmal wusste, woraus es bestand. Svea war sich sicher, dass Christian, indem er sie und Linus hierhergeholt hatte, mehr von sich preisgab, als sie es je getan hatte. Er hatte einen Vorschuss geleistet, hatte sie eingelassen in sein Leben, hatte sie mitgenommen an einen Ort, der viel von ihm verriet.

Unschlüssig zog Svea einen leeren Bilderrahmen aus dem obersten Karton. Das Glas war gebrochen.

»Die neue Scheibe kostet mehr als ein ganzer Rahmen«, sagte Schorsch.

Svea entfernte das kaputte Glas und drehte den Rahmen in den Händen. »Darf ich dich was fragen?«

»Ich an deiner Stelle würde einen neuen Rahmen kaufen.«

Svea legte ihn in eines der leeren Kellerregale. »Nein, etwas anderes.«

Schorsch sah sie interessiert an. »Na, dann los.«

»Warum hatte Christian so ein schlechtes Verhältnis zu seinen Eltern?«

Schorsch hob die Augenbrauen. »Hatte er das?«

»Es macht den Anschein. Ich meine … er spricht nicht über seine Eltern. Und Christian ist lange nicht hier gewesen.«

Schorsch überlegte. »Sie haben nicht verstanden, warum er studieren wollte. Dazu noch in einer anderen Stadt.«

»Hat er es ihnen erklärt?«

Schorsch zog die Schultern zu den Ohren und ließ sie abrupt fallen. »Was soll man da erklären? *Ich will es weiter bringen als ihr.* Das hätte sie umso mehr verletzt.«

»Vielleicht hätten sie es verstanden.«

»Christians Vater wollte, dass er eine Maurerlehre macht. Er hatte keine Ahnung davon, was an einer Universität passiert. Was sollte Christian da erklären? Sein Vater wollte, dass er einmal das Haus erhalten könnte, mit eigenen Händen.«

»Mit eigenen Händen«, wiederholte Svea und schwieg.

»Ein Handwerker, das war Christians Vater. Bis zu seinem Tod hat er täglich an irgendwas gewerkelt.«

»Woran ist er gestorben?«

»Christian hat es dir nicht erzählt?« Schorsch sah sie erstaunt an.

Svea schüttelte den Kopf. Jede Frage über seine Eltern hätte zu einer Frage über ihre Familie führen können.

»Autounfall«, sagte Schorsch knapp. »Wie es jeden treffen kann. Rutschige Fahrbahn nach heftigem Regen. Der Wagen hat sich überschlagen, ist in eine Böschung gerutscht. Der Vater war sofort tot.«

»Und seine Mutter? Ich meine, sie war ja noch nicht alt.«

»Schlaganfall.«

»So jung?«

Schorsch nickte, und Svea dachte, dass auch Ursel nicht ewig da sein würde.

»Nach dem Tod ihres Mannes war sie allein mit alldem hier. An so einem alten Haus ist immer was zu tun. Das Grundstück, ich meine, du weißt, wie groß der Garten ist. Sie hat sich kaputtgearbeitet auf dem Hof, der für sie aus eigener Kraft kaum noch zu halten war.« Schorsch räusperte sich. »Sagen die Nachbarn.«

Svea wog ab, wann Christians Mutter die Überlastung selbst bemerkt hatte, ob sie lange mit ihrer Überforderung hinterm Berg gehalten hatte. Vielleicht war Christian bei einem der seltenen Besuche der Zustand des Gartens aufgefallen oder die ungeputzten Fenster. Vielleicht hatte er geahnt, dass hier etwas aus dem Ruder lief, dass sie Hilfe brauchte, Hilfe von ihm. Doch Christian hatte sich scheinbar nicht angeboten, und seine Mutter hatte nicht darum gebeten.

»Und was sagst du?«

»Manch einen bringt es um, wenn der andere geht.« Schorsch hob die Hände, als hätte man ihn entwaffnet. »Christians Eltern haben ihr Leben lang zusammen den Hof bewirtschaftet. Ich denke, sie waren nicht eine Nacht ihrer Ehe getrennt.«

Svea verstand. »Wie soll man da allein weitermachen.«

»Eben«, Schorsch nickte. »Christian hat seine Eltern sehr geliebt. Dass er nicht hier war, hat damit zu tun, dass er es nicht ertragen hat. Den Tod des Vaters und die Trauer der Mutter.«

»Warum bist du dir da so sicher?«

Schorsch rang sich ein Lächeln ab. »Ich kenne meine Kunden.«

Er griff nach einer alten Betonplatte, die hinter der Tür lehnte, und hob sie hoch, als wollte er ihr Gewicht schätzen. Svea fragte nicht weiter nach, als sie Marks Schritte im Kellergang hörte.

»Halt«, sagte Mark, als er um die Ecke bog und sah, wie Schorsch die Platte beiseitestellen wollte, »die können wir benutzen, um den Schornstein am Stall abzudecken.«

Svea sah ihn fragend an.

»Wegen der Dohlen. Damit sie nicht dort brüten.«

»Nein«, sagte Svea, »lass es sie versuchen.«

DER HUNGER ÜBERSCHRITT die Grenzen der Stadt und machte sich auf den Höfen breit. Doch Helene wusste, wo er am stärksten, am mächtigsten war, wo er Menschen zu unmenschlichen Taten trieb. Im Wald, hinter dem Zaun, auf einer Lichtung, die noch vor wenigen Jahren ein fetter Weideplatz für Milchkühe gewesen war. Wo einst Gras und Klee in grünen Wellen wuchsen, war der Boden braun und totgetrampelt. Dunkle Wege zogen sich um die Baracken und endeten an der Schotterstraße, die zum Stahlwerk führte. Jeden Tag lief Magda diese Pfade ab, trat nachsprießende Gräser platt, um auf kürzestem Weg in die Produktionshalle zu kommen.

Und auch wenn Magda sich nie beschwerte, wusste Helene, dass das Gewicht der Granaten und die Schwere der Arbeit an ihr nagten wie sie an Helenes mitgebrachten Brotkanten.

»Ruhig, ganz ruhig«, sagte Helene wie zu sich selbst. Dabei galt ihr friedlicher Ton der Henne, die in einer Ecke des Stalls auf einer Stange saß.

»Ruhig«, wiederholte Helene, und zwei andere Hühner antworteten mit einem glucksenden Geräusch.

Vorsichtig umfasste sie den fedrigen Körper, der unter ihren Händen zu schrumpfen schien. Sie hob die Henne von der Stange, nahm die Flugfedern sowie die schieferblauen Läufe in die linke Hand, so dass der Vogel bequem auf ihrem Unterarm Platz fand. Mit der rechten Hand untersuchte sie die Augen und den Kamm, sah in den Schlund. Helene befühlte den Kropf der Henne. Er war prall gefüllt. Sie hatte den ganzen Tag gepickt. Kein Habicht und kein Marder hatten sie dabei gestört.

»Braves Mädchen«, sagte Helene und streichelte über das Gefieder. Es war eines der Vorwerkhühner, die Rudolf vor zwei Jahren von einer Reise nach Hamburg mitgebracht hatte. Alle Bewohner der Zigarrenkiste hatten gestaunt. Die Rasse legte gut und lieferte viel Fleisch. Dazu waren die Vorwerkhühner eine Pracht, wenn sie zwischen den Buchen auf der Allee herumliefen. Gelbgold das Gefieder mit schwarzem Hals und schwarzem Schwanz. Helene fand, dass sie aussahen wie feine Damen, die mit Stock und Hut spazieren gingen.

Mit einer winzigen Bewegung aus dem Handgelenk kippte Helene die Henne vornüber. Als wollte sie sich nach Helene umsehen, reckte sie den Kopf nach oben. Sie flatterte nicht und gab keinen Ton von sich. Helene griff mit der freien Hand nach einem Holzknüppel und schlug dem Tier auf den Kopf. Der erhobene Kopf fiel herab, die Beine zitterten leicht. Helene ließ die Flugfedern aus den Fingern gleiten und gab den Flügeln Raum für ein letztes Schlagen. Die Klauen hängte sie in einen Haken und griff nach dem kleinen spitzen Messer. Helene hielt das noch zitternde Huhn am Kamm und stach unterhalb des Schnabels durch die Halsschlagader. Gleichzeitig schob sie mit dem Fuß den Blecheimer in Position. Ein dünner Blutstrahl rann herab. Helene hielt den Körper, damit das Blut den Eimer traf. Sie spürte ein letztes Zucken durch das Gefieder. Der Körper verkrampfte sich, die Kloake drückte eine letzte kleine Menge Kot heraus. Dann erschlaffte das Leben.

Das Wasser im großen Kessel kochte, als Helene das Huhn darin untertauchte. Mit einem Holzstab hielt sie den Leib in Bewegung und zog ihn schließlich an einem Bein aus der heißen Brühe heraus. Die eingeweichten Federn ließen sich jetzt leicht zusammenschieben. Nur an den Beinen, am Hals und an den großen Flugfedern musste Helene kräftig rupfen. Als das nackte Huhn vor ihr auf dem Tisch lag, trennte sie den Kopf ab. Die Beine durchtrennte sie am Kniegelenk. Sie drehte das Huhn auf dem Tisch um die eigene Achse und machte einen feinen Schnitt am Hals. Helene zog den unbeschädigten Kropf heraus. Durch den dünnen Hautbeutel konnte sie die Körner fühlen, die sie selbst den Hühnern am Morgen hingeworfen hatte. Und wieder war sie überrascht, dass sie hierbei eine bereits vergangene Handlung vor Augen geführt bekam.

Eine erneute Wendung des Körpers zeigte ihr den Unterbauch. Sie führte einen geraden Schnitt bis zur Kloake und legte das Messer aus der Hand. Wie durch einen Vorhang griff sie ins Innere des Körpers. Die Wärme des Fleisches, die ihrer eigenen Temperatur glich, war angenehm und erschreckend zugleich. Sie suchte sich den Weg durch das gelbe Fett und löste den prall gefüllten Magen von der Seitenwand. Sie zog ihn in einem Stück heraus und legte ihn auf den Tisch.

»Kann ich helfen?«, fragte Rudolf, der plötzlich hinter ihr stand.

Helene nickte wortlos.

Sie griff erneut durch den Vorhang und ertastete die Därme. Rudolf schob ihr den Eimer hin. Sie ließ den Eileiter und die Leber mit Galle hineinfallen, krümmte die Finger im Körperinneren und griff hinter das Herz. Mit den Fingernägeln löste sie den Ansatz der Lungen vom Brustkorb und schabte sie in mehreren Stücken heraus.

»Ich werde auch gehen«, sagte Rudolf und nahm Helene das ausgenommene Tier ab. »Ich habe mich gemeldet.«

Helene betrachtete ihre blutigen Hände und verspürte einen plötzlichen Ekel.

»Wie konntest du überhaupt nur darüber nachdenken? Denk doch an Wilhelm.« Sie wusch ihre Hände in dem Kessel, in den sie zuvor das Huhn getaucht hatte. Das warme Wasser brannte auf ihrer spröden Haut.

»Gerade wegen Wilhelm«, erwiderte er.

Helene wusste, dass Rudolf wie sie den wichtigsten

Menschen an den Krieg verloren hatte. Wilhelm war ihm der große Bruder gewesen, den ihm die Natur verweigert hatte. Beim Hausbau waren die beiden unzertrennlich gewesen, hatten alle Arbeiten gemeinsam erledigt und abends mit baumelnden Beinen auf den freischwebenden Dachbalken gesessen. Dass Rudolf und seine Frau die ersten Mieter sein würden, stand außer Frage. Drei Kinder in Folge hatte Agnes zur Welt gebracht, bevor Helene schwanger wurde. Rudolf hatte sich über Sophie eben so sehr gefreut wie Wilhelm.

Helene trocknete sich die Hände. »Müsst ihr einander alles nachmachen? Hast du denn nichts gelernt?«

Rudolf ließ sauberes Wasser durch den Kadaver laufen und hängte ihn zum Trocknen an einen Haken.

»Ich habe viel gelernt durch diesen Krieg. Zum Beispiel, dass ich nicht hier sitzen kann und warten, bis alle meine Kollegen aus der Fabrik in fremder Erde liegen.«

»Und was willst du dagegen tun?«

»Ihnen beistehen.«

»Ihnen folgen, meinst du.« Helene verstummte abrupt, als sie Magda aus ihren eigenen Worten sprechen hörte. Sie nahm den Knüppel und das Schlachtmesser und wusch es in der Federbrühe grob ab.

»Du solltest deiner Frau und deinen Kindern beistehen in dieser schweren Zeit. Agnes kann nicht alleine sein.«

»Das dachten wir auch von dir. Und nun sieh dich an. Benimmst dich wie ein Mann.« Rudolf lächelte.

Helene ignorierte sein Lob. »Agnes wird es nicht zulassen.«

»Sie weiß noch nichts davon.« Rudolf sah hinauf zu den Fenstern im Hochparterre, wo sein Kleinster Steine auf der Fensterbank sortierte. »Ich möchte meinen Kindern später nicht erklären, warum ich nicht dort gewesen bin. Warum ich nicht für mein Land und meine Kameraden gekämpft habe.«

Helene sah ihn vorwurfsvoll an. »Wenn du gehst, wohnen hier nur noch Weibsbilder und ein Greis. Es treiben sich Gestalten rum. Und alle haben Hunger.«

Rudolf betrachtete das Huhn, aus dem rotgefärbtes Wasser tropfte.

»Agnes vermutet, dass du einen Deserteur versorgst.«

»Wie kommt sie darauf?«

»Ständig verschwinden Lebensmittel. Und du treibst dich nach der Arbeit im Wald rum. Die Kinder haben dich gesehen.«

»Ich weiß nicht, wovon du redest.«

»Versteh mich nicht falsch. Ich finde es ehrenwert, wenn du anderen hilfst. Aber denk bitte an Sophie.«

»Ich denke an nichts anderes.«

SVEA STAND VORM Spiegel im großen Bad und ließ kaltes Wasser über ihre Hände laufen. Dann drehte sie warmes dazu, griff nach der Seife. Die getrocknete Farbe war hartnäckig, vor allem unter den Fingernägeln saß sie fest. Svea nahm die Nagelbürste zu Hilfe und schrubbte ihre weißen Handflächen, bis sie rot waren.

Sie hatte den unteren Flur gestrichen, bis zur Treppe, für mehr hatte die Wandfarbe nicht gereicht, die sie im Werkzeugkeller gefunden hatte. Sie wollte, dass zumindest der Eingangsbereich einladend aussah. Einladend für Ursel.

Svea wünschte sich, dass Ursel sah, dass sie sich verändert hatte, dass sie bereit war, die Dinge wieder in die Hand zu nehmen.

»Du hast einen Hund?« Sveas Mutter stand in der Einfahrt, hinter ihr der Wagen, die Fahrertür geöffnet.

»Er gehört nicht zu uns«, sagte Svea.

Ursel ging in die Knie und streckte die Hand aus.

»Er ist sehr scheu«, erklärte Svea und machte zwei verhaltene Schritte in Richtung ihrer Mutter.

»Na komm«, sagte Ursel in einem Tonfall, in dem sie früher auch mit Svea und Annika gesprochen hatte. Sie klang geradezu zärtlich.

Mit geducktem Kopf lief der Hund auf sie zu, schnupperte, drehte den Körper in ihre Richtung und ließ sich bereitwillig den zottigen Rücken kraulen. Dabei sah er zu Svea hoch, als müsse er sie im Auge behalten.

»Dachte ich zumindest«, schob Svea nach und steckte die Hände in die Taschen ihrer Shorts.

»Puh, ganz schön dreckig.« Ursel betrachtete ihre schmutzigen Hände. »Du solltest ihn mal waschen.«

Svea seufzte. »Wie gesagt, er gehört nicht mir.«

»Freundlich ist er ja«, sagte Ursel, ließ von dem Hund ab und schlug die Autotür zu. Sie wischte ihre Finger an der Hose ab und umarmte Svea, ohne ihr die Hände auf den Rücken zu legen.

»Die muss ich erst waschen«, sagte sie.

»In der Küche.« Svea stieg die Stufen zur Tür rückwärts wieder hinauf und behielt dabei den Hund im Blick, der nahezu tänzelnd die Straße hinuntersprang.

Ursel drehte den Hahn in der Küche auf. Sie wusch sich die Hände so gründlich, als wollte sie Zeit gewinnen.

»Papa und Annika wissen nichts davon, dass ich hier bin, nur damit du es weißt«, sagte sie, ohne Svea anzusehen, dabei kreiste das Stück Seife zwischen ihren Fingern.

Svea verstand. Ursel war die Vorhut.

»Möchtest du einen Tee?«

Ursel drehte sich mit tropfenden Händen zu ihr um, und Svea reichte ihr ein Küchenhandtuch.

»Zeig mir erst deinen kleinen Jungen.«

Ursel wedelte die Hände durch die Luft, und Svea fand ihre Mutter fremd. Sie färbte sich die Haare nicht mehr, was sie älter wirken ließ.

»Es war nicht ganz einfach, dich zu finden. Ich musste mich bei den Nachbarn durchfragen«, sagte Ursel, als sie die Treppe in den ersten Stock hinaufstiegen.

»Bei den Nachbarn?«

»Sie sagen, du wohnst allein hier mit Kind und Hund.«

»Bei wem warst du?« Svea blieb stehen.

»Oh, die Straße rauf. Nette Leute. Schmitter, glaube ich. Kennst du sie?«

Svea schüttelte den Kopf. »Sie glauben, der Hund gehört zu mir?«

»Wie heißt er überhaupt?«, fragte Ursel, als habe sie nicht richtig zugehört.

»Keine Ahnung. Wie gesagt, er gehört nicht hierher.«

»Aber er machte den Eindruck. Wenn er kein Zuhause hat, könntest du ihn doch nehmen. Platz habt ihr ja«, Ursel sah sich im oberen Flur um. Die Wände waren roh, der Putz lag frei, und Svea ärgerte sich, dass sie nicht hier oben angefangen hatte zu streichen.

»Wie geht es Papa?«, fragte sie schnell.

»Gut«, Ursel lachte, »seit er in Rente ist, werde ich ihn kaum noch los. Ständig läuft er mir hinterher und will irgendwas unternehmen.«

Svea hatte das Gefühl, bei ihren Eltern einen entscheidenden Entwicklungsschritt nicht mitbekommen zu haben. Sie lächelte.

»Ich bin auch seinetwegen hier«, sagte Ursel jetzt. »Seitdem er in Rente ist, vermisst er dich mehr. Er hat einfach zu viel Zeit zu grübeln.«

Svea senkte den Blick.

»Und Annika?«

»Sie vermissen dich. Beide.«

»Und du?«

Ursel breitete die Arme aus. »Ich bin hier.«

Svea wusste, dass ihre Mutter stark war, stärker als Annika und Papa.

»Was wirst du Papa sagen?«

Ursel lächelte. »Dass es schön war bei Heidi. Und dass sie einen übelriechenden Hund hat.«

Svea sah sie streng an.

»Du könntest deinem Vater einen Gefallen tun, ohne dass er dich darum bittet«, sagte Ursel in versöhnlichem Ton.

Svea ahnte, was sie von ihr wollte.

»Du könntest dich mit deiner Schwester an einen Tisch setzen.«

»Ich habe versucht, sie zu erreichen. Hast du ihr ausgerichtet, dass ich angerufen habe?«

Ursel schüttelte den Kopf. »Was hätte ich ihr sagen sollen?«

»Du hättest ihr ausrichten können, dass ich sie sprechen wollte.«

»Aber im Nachhinein warst du froh, dass sie nicht da war, habe ich Recht?«

Svea sah Ursel nicht an.

»Wo ist er nun, der Kleine?«

»Linus.« Svea öffnete die Tür zum Schlafzimmer.

»Ja, Linus.«

»Ich werde ihn wecken.«

»Nein«, sagte Ursel leise, »lass ihn uns schlafend ansehen. Das habe ich bei euch auch immer gemacht.«

Sie schlug die Hände vor den Mund, als sie Linus sah. Andächtig beugte sie sich über das Gitterbett und griff nach seinem winzigen Händchen, das im Schlaf zuckte und nach einem Traumbild zu greifen schien.

Svea fand Ursel mit Linus fremd und vertraut zugleich. Und zum ersten Mal dachte sie, dass sie Ursel zur Großmutter gemacht hatte. Zwar gab es schon die Zwillinge, aber durch ihre Geburt hatte sich nichts an Sveas Verhältnis zu Ursel geändert. In ihren Augen war sie dieselbe geblieben. Svea erwog, ob ihre kleine Schwester Ursel damals, bei der Geburt ihrer Mädchen, auch verändert gefunden hatte.

»Wie geht es Annika jetzt?«, fragte sie.

»Du könntest sie selbst fragen.«

Svea sah Ursel herausfordernd an.

»Sie hält sich tapfer, wegen der Kinder.«

»Und sie hat wirklich vor, das Haus zu verkaufen?«

Ursel ließ kraftlos die Schultern fallen und seufzte.

»Papa hat mit ihr gesprochen und ihr unsere Hilfe zugesagt. Wir würden sie unterstützen, wenn sie nicht von Jan abhängig sein will.«

»Zu viele Erinnerungen«, vermutete Svea.

»Dabei haben sie gar nicht lange da gewohnt.«

»Fünf Jahre.« Svea wusste es genau. Vor fünf Jahren war sie auf der Taufe der Mädchen gewesen. Seitdem hatte sie ihre kleine Schwester nicht gesehen.

»Warum habt ihr eigentlich damals das Haus von Oma und Opa verkauft?«

»Es war alt«, sagte Ursel und lachte.

»Eigentlich war es ganz hübsch, soweit ich mich erinnere.«

Ursel schüttelte den Kopf. »Wer hätte dort wohnen sollen? Papa und ich bestimmt nicht. Und Annika und Jan haben selbst gebaut.«

»Oma und Opa haben hart für das Haus gearbeitet, oder?«

»Es hat auch noch eine ganz gute Summe dafür gegeben. Vor allem für das Grundstück. Das Haus steht nicht mehr, soweit ich weiß.«

»Abgerissen?« Sveas Vorstellung von dem alten Haus war idealisiert, das wurde ihr nun klar. Sie hatte es so in Erinnerung behalten, wie es am Ende sicher nicht mehr ausgesehen hatte.

»Ja, abgerissen. So gut in Schuss war es wirklich nicht mehr.«

»War das schwer für dich? Ich meine, es war dein Elternhaus.«

Gespielt verdrehte Ursel die Augen. »Ach, zu viel Vergangenheit. Ich habe dort fünfundzwanzig Jahre meines Lebens verbracht. Und es waren nicht die besten.«

»Fünfundzwanzig Jahre, und du hängst nicht daran?«

»Das waren andere Zeiten. Oma und Opa waren sehr streng damals.« Ursel schien zu überlegen. »Hängst du etwa an unserer Wohnung? Immerhin hast du achtzehn Jahre dort gelebt.«

»Nein, ich denke nicht.«

»Siehst du.«

»Mietwohnungen zählen nicht richtig.«

»Komische Unterscheidung. Eigentum zählt, Miete nicht?« Ursel lachte. »Ihr seid dort aufgewachsen, du und Annika.«

Die Wohnung hatte sich angefühlt wie ein Zuhause; dass sie ihnen nicht gehörte, war für sie und ihre Schwester nicht wichtig gewesen. »Du hast Recht. Ich weiß auch nicht.«

Ursel musterte sie, als hätte sie eine Veränderung an ihrer Tochter ausgemacht. »Würdest du heute etwa in Omas altem Haus wohnen wollen?«

Svea zuckte mit den Schultern. »Vielleicht.«

Ursel sah sich um, betrachtete die Deckenvertäfelung, die zum Fenster hin Spuren von einem Wasserschaden aufwies. »So ein altes Haus macht viel Arbeit.«

Hinter dem Fenster lag der Garten mit Bäumen, die

andere vor Svea gepflanzt hatten und die über viele Jahre kräftige Stämme ausgebildet hatten. Sie hob den schlafenden Linus aus dem Bettchen.

»Darf ich?«, fragte Ursel.

Svea legte ihr das Kind in den Arm. Sie dachte daran, wie es sich angefühlt hatte, als kleines Kind morgens zwischen Ursel und Papa im Bett zu liegen. Und ein Gefühl kam auf, das sie seit Jahren nicht gehabt hatte. Svea erinnerte sich an Ursels Winternachthemd, dessen Stoff sie als kleines Mädchen so sehr geliebt hatte, nachtblau mit kleinen weißen Tauben. Svea war, als könnte sie spüren, wie dieser Stoff sich bei einer Umarmung angefühlt hatte, damals, als sie klein gewesen war. Annika war sechs Jahre nach ihr geboren. Sechs Jahre war Svea mit Ursel und Papa allein gewesen. Und in dieser Zeit hatte sie aus Ursula Ursel gemacht, zunächst weil sie den dreisilbigen Namen nicht aussprechen konnte, später war sie aus Gewohnheit dabei geblieben. Erst hatte ihr Vater die Koseform übernommen, später auch Annika. Keine von ihnen hatte sie je Mama genannt. Ursel war Ursel, weil es Svea gab.

Linus öffnete die Augen und sah Ursel an.

»Braune Augen«, sagte sie erstaunt.

»Von Christian.«

Und plötzlich wurde Svea klar, dass nun sie und Linus an der Reihe waren. Er würde mit all den Eigenarten, Wünschen und Neigungen, von denen jetzt noch nichts zu ahnen war, bestimmen, wer sie wurde. Linus würde ihr einen Teil des Weges abnehmen, indem er war, wie er war, und nach ihr verlangte, sie bei sich haben wollte. Mutter und Kind, dachte Svea.

»Ich will dir was zeigen«, sagte sie.

Svea holte die Fotos, das große gerahmte und das kleinere, auf dem jemand zu fehlen schien. Ursel blickte von einem Bild zum anderen und sah Svea fragend an.

»Verstehe ich nicht«, sagte sie leise.

»Das ist Christians Urgroßmutter Helene.« Sie tippte auf die Frau, die auf beiden Bildern zu sehen war. »Und das ist ihre Tochter.«

»Sind das zwei verschiedene Aufnahmen?«

»Wenn du genau hinsiehst, merkst du, dass sie absolut identisch sind.«

»Gespenstisch«, Ursel ließ sich von Linus ablenken, der mit geschlossenen Augen leise quengelte.

Svea wartete, bis ihre Mutter so weit war. Ursel nickte und nahm das kleinere Bild in die freie Hand. »Und du weißt nicht, welches Foto zuerst da war?«

»Ich bin nicht sicher.«

Nachdenklich betrachtete Ursel die Fotos. »Es macht mehr Sinn, den Ehemann hineinzuretuschieren, als ihn zu löschen.«

»Warum?« Svea zog die Stirn kraus.

»So ist es das Bild einer Sehnsucht. Andernfalls dient es nur dazu, etwas zu verdrängen.«

»Und Sehnsucht ist besser als Verdrängung?«, fragte Svea.

»Würde ich so sehen.« Ursel legte das kleine Bild über das größere, so dass die beiden Helenes, die kleine und die große, nebeneinanderzustehen schienen.

»Gab es Bilder dieser Art in Omas Haus?«

»Du meinst, gefälschte?« Ursel zuckte mit den Schultern. »Ich denke nicht, aber wer weiß. Wenn du das kleine Bild nicht gefunden hättest, wäre es nicht aufgefallen.«

»Stimmt.«

»Es gab keine Bilder von den Schwestern meiner Mutter, als wir das Haus ausgeräumt haben. Alben über Alben, aber kein einziges Bild von den beiden.«

»Oma hatte Geschwister?«

Ursel nickte. »Sie hat nie drüber gesprochen.«

»Hast du sie je kennen gelernt?«

»Sie müssen beide auf der Flucht verhungert sein. Im Zweiten Weltkrieg.«

»Das wusste ich nicht.«

»Wir auch nicht. Sie hat es mir nie erzählt.«

»Wie habt ihr es rausgefunden?«

»Papa hat bei der Haushaltsauflösung die Bibel eingesteckt. Sowas könne man nicht wegwerfen, hat er gesagt. Der Stammbaum auf der ersten Seite hat sie verraten. Unter ihrem Namen waren zwei jüngere Schwestern eingetragen. Aber da war es schon zu spät, um sie zu fragen.«

»Habt ihr sie noch? Die Bibel?«

»Ich habe sie Annika zur Taufe der Mädchen geschenkt.«

Svea strich Linus, der entspannt in Ursels Arm lag, über den Kopf. Und dabei kam es ihr so vor, als würde sie Ursel berühren, als würde sie durch ihn ihre Nähe suchen.

»Ich weiß nicht, ob ich so sein kann wie Annika.«

Ursel stutzte. »Wie meinst du das?«

»Sie ist sicher gut mit den Mädchen.« Svea zog die Augenbrauen hoch.

»Annika ist anders. War immer anders als du.« Ursel lachte und verstummte dann. »Wir hätten gerne gesehen, dass sie studiert, mal in eine andere Stadt zieht, vielleicht ins Ausland. So wie du zwischenzeitlich. Anders als du, hat sie die Möglichkeiten nicht genutzt. Sie hat die Mädchen sehr früh bekommen.«

»Aber ihr seid doch froh, dass ihr so nah bei ihr wohnt. Mit den Zwillingen und allem.«

»Sie macht es wie ich. Soll ich ihr da böse sein? Alles, was sie tut, kenne ich schon. Es ist nicht neu. Was du tust, schon.«

»Ich habe jetzt auch ein Kind«, sagte Svea und fand die eigene Aussage fremd.

»Aber du musstest dich dazu überwinden.«

Ursel hatte Recht. Svea kämpfte noch damit, dass Linus immer da sein würde, ihr Leben lang. Sie nahm allen Mut zusammen und sprach es aus.

»Manchmal denke ich, ich hätte Linus nicht bekommen sollen.« Dann schwieg sie.

Svea nahm bei Ursel ein Zögern wahr und wartete

auf den einen bekannten Satz. Den Satz, vor dem sie seit der Taufe der Zwillinge Angst hatte, so große Angst, dass sie den Kontakt zu Annika abgebrochen hatte.

Wie kannst du nur? Doch der Satz blieb aus.

»Das wirst du noch oft denken.«

Svea sah ihre Mutter überrascht an.

»Und das ist in Ordnung«, schob Ursel nach.

»Denkt Annika das manchmal?«

»Ich weiß es nicht. Sie würde es nicht zugeben.«

Und plötzlich tat Annika ihr unendlich leid. Svea stellte sich vor, wie ihre kleine tapfere Schwester in dem schönen Haus mit gepflegtem Garten saß und gleichsam alles über ihr zusammenbrach.

»Ihr seid so unterschiedlich. Annika ist eine Pflichterfüllerin«, seufzte Ursel.

»Sie würde das sicher als Kompliment sehen.«

»Ich weiß nicht.«

»Und was bin ich dann?«, wollte Svea wissen.

»Du verweigerst jede Pflicht.« Ursel lachte. »Das hier ist neu«, sagte sie leise und hob Linus hoch. Er strahlte, als sie ihn rauf und runter schnellen ließ.

Svea nickte schwach und schwieg.

»Linus gehört jetzt zu deinem Leben, und das macht dir Angst.« Ursel zog das lachende Kind wieder an sich und sah sie an.

»Ja«, gestand Svea ohne Umweg.

»Weißt du, was der eigentliche Unterschied zwischen dir und deiner Schwester ist?«

»Sag es mir, vielleicht hilft es uns.«

»Du denkst, und sie lebt.«

Svea wusste, dass das zutraf.

»Du hast Angst vor Nähe.« Ursel sah Linus an. »Nicht mal einen Hund lässt du an dich heran.«

HELENE DACHTE IHN sich als jungen attraktiven Mann, dachte ihn sich mit dunklem Haar und dunklen Augen, über denen schmale Augenbrauen schwebten wie zwei Mauersegler in einem Sommerhimmel. Sie dachte ihn sich jünger als Wilhelm, verwarf jedoch den Gedanken, dass er zu jung sein könnte. Wenn sie ihre eigenen rauen Hände ineinanderlegte und sich selbst ein klein wenig betrog, dann meinte sie, die Hände eines Mannes zu fühlen, seine Hände. Und wenn sie so an ihn dachte, dann weitete sich ihr Herz und schuf Raum neben Wilhelm. Helene konzentrierte sich, um das Bild dieses Mannes nicht zu verlieren. Immer wieder legten sich andere Eindrücke und Gestalten darüber, und eine davon sah ein wenig aus wie Magda.

Es war Palmsonntag, und das Land rund um die Höfe war wie leergefegt. Schon am Morgen hatten sich die Nachbarn auf geschmückten Wagen auf den Weg in die Stadt gemacht, um sich dem großen Umzug anzuschließen. Auch Helene hatte geholfen, einen kleinen Handwagen mit Weidenkätzchen und Buchsbaumzweigen zu schmücken, in dem die Klockenbuschkinder und auch Sophie Platz hatten. Gemeinsam war sie mit Agnes und Gerlinde, abwechselnd die Kinder über den holprigen Feldweg ziehend, in

Richtung Stadt gelaufen. Dabei überholten sie immer wieder die größeren Wagen der Bauern, die einen Ochsen oder zwei Pferde eingespannt hatten. Vor allem die Kinder freuten sich über die bunten Fuhrwerke.

Als am Ortseingang die Wagen dichter fuhren und viele Menschen aus den Straßen hinzudrängten, übergab sie die Zuggabel an Agnes. Sie sah sich nach Sophie um, die zwischen den Klockenbuschkindern saß und lachte. Helene nutzte das Gedränge, das in Richtung Marktplatz unüberschaubar wurde. Eine Blaskapelle querte die Menge, durchschnitt sie und trennte Helene von den anderen. Abends würde sie sagen, sie hätte den so kleinen Wagen aus den Augen verloren und wäre nach dem Festakt allein vorausgelaufen. Sie hätte Sophie bei Agnes in guten Händen gewusst, und das wäre doch die Hauptsache. Rudolf war vor wenigen Tagen gegangen und hatte Agnes allein zurückgelassen. Sie fürchtete sich oft. Und diese Furcht, die Helene mittlerweile bei sich selbst nicht mehr fand, machte sie weich gegenüber Agnes.

Helene bahnte sich den Weg durch die bunte Menge. Sie sah einige der Frauen aus der Lumpenhalle, kaum wiederzuerkennen in ihren Festtagskleidern. Man grüßte betreten. Auch Hans Bomke war mit seiner Familie gekommen. Er nickte, und Helene drehte den Kopf weg, als hätte sie ihn nicht gesehen.

Ein Einmachglas mit Marmelade und eine letzte halbe Flasche Likör baumelten in einem Tuch, das

Helene schulterte, als hätte sie eine Wanderung vor. Der Tag war hell und warm und voller Mücken. Die Vögel testeten ihre Stimmen. Die Wege zu Magda, die sie bei Nacht ging, waren ihr mittlerweile vertraut. Auch in mondlosen Nächten stolperte sie nicht mehr, fürchtete nicht die Geräusche, die ihr mit der Zeit angenehmer geworden waren als die Stimmen der eigenen Nachbarn. Die vielen Nächte, in denen sie unbemerkt bis zum Zaun und wieder zurück gelangt war, hatten sie übermütig werden lassen.

Bei schönstem Sonnenschein sprang sie nun über den Graben und verschwand im Wald, ohne sich umzusehen.

»Mut ist etwas«, hatte Magda gesagt, »das sich wie eine Narbe auf einer Wunde bildet. Je tiefer die Wunde, desto wulstiger die Narbe.«

Helene hatte viele Narben, unsichtbar zwar, aber sie hatten genässt und gejuckt, bis Magda aufgetaucht war, hier im Wald, an der Stelle, auf die sie nun mit schnellen Schritten zusteuerte. In Magdas Gegenwart waren sie verheilt, noch immer spürbar, aber geschlossen wie ein zu Ende geführter Gedanke. Magda war eine Wunderheilerin.

Und Magda stank zum Himmel. Helene hielt sich die Nase zu.

»Puh, was ist denn mit dir passiert?«

»Jetzt wird auch noch das Wasser knapp. Irgendwann rationieren sie auch noch die Luft, die wir atmen.« Magda sah an sich hinunter, betrachtete ihre von der Arbeit ölverschmierten Hände. Sie stank nach Schweiß und auf eine für Helene kaum erträgliche Weise nach einem Mann.

»Komm«, sagte sie schnell und griff nach Magdas öliger Hand. »Ich kenne die schönste Badeanstalt weit und breit.«

Der Mühlenteich lag verlassen da. Die Oberfläche spiegelte den Frühling mit einem Kranz aus Schilf. Die Vögel am Himmel schienen über die Oberfläche des Sees zu gleiten.

»Und da sagt man uns, es herrsche Wasserknappheit.«

Magda kniete sich an einer seichten Stelle ans flache Wasser und trank wie ein Tier aus einer Pfütze. Helene wandte den Blick ab und packte die mitgebrachten Sachen aus.

»Hier«, rief sie, »ich habe etwas Besseres.« Triumphierend hielt sie die Flasche hoch, in der der blutrote Likör schwappte. Sie zog den Korken ab und trank einen Schluck. »Probier mal, Schlehen.«

Magda wischte sich die Hände an der Hose ab und nahm die Flasche entgegen. Vorsichtig roch sie an der Flaschenöffnung. Sie grinste. »Wenn ich es nicht besser wüsste, würde ich denken, das sei meine Henkersmahlzeit.«

»Red nicht so. Trink lieber.«

Magda setzte an und trank drei große, durstige Schlucke. Dann wischte sie ihren roten Mund an einem schmutzigen Ärmel sauber.

Im hohen Gras sitzend löffelten sie die Marmelade mit bloßen Fingern aus dem Glas.

»Ein richtiges Festessen«, sagte Helene.

Magda ließ sich nach hinten fallen und hob die leere Flasche über ihren Mund, um auch noch den letzten Tropfen Likör aufzufangen. Den Alkohol nicht gewohnt, zielte sie nicht hinreichend, und der rote Tropfen landete auf ihrer Wange. Mit dem Zeigefinger wischte sie ihn in den Mund und leckte den Finger ab. Zufrieden ließ sie den Arm mit der Flasche zur Seite sinken und hielt sich mit der freien Hand den Bauch.

»Den letzten Likör habe ich in der Schule getrunken.«

»In der Schule?«, Helene lachte.

»Ja, im Ernst. Als ich meine Stelle angefangen habe, gab es ein Gläschen, im Sekretariat.«

Helene konnte Magdas heutiges Erscheinungsbild nicht mit dem einer Lehrerin übereinbringen.

»Mein Mann und ich haben an der besten Schule der Stadt unterrichtet.« Magda drehte sich zu ihr auf die Seite und legte den Kopf auf den Unterarm. »Es ist jetzt ganz bedeutungslos. All die Stunden in den Klassenräumen, die vielen Kinder, die wir begleitet haben. All das ist vergangen und vergessen.«

»Aber zehrst du nicht von den guten Tagen, die einmal waren?«

»Man sollte von den Tagen zehren, die noch kommen«, erwiderte Magda und rollte sich wieder auf den

Rücken. »Stell dir vor. Einer aus dem Werk sagt, in der Stadt gäbe es ein Gefangenenlager wie ein Hotel.«

Helene legte sich neben sie.

»Wo soll das sein?« Seit einigen Wochen mied Helene die Stadt mit ihren provisorischen Lazaretten und Erfrischungsstationen. Wo man hinsah, war der Krieg sichtbar. Nur heute, am Palmsonntag, schien er sich verkleidet zu haben.

»In einer alten Artilleriekaserne auf dem Berg.«

Helene nickte, auch sie hatte Gerüchte gehört. Wenn sie Magda mit ihrem geschundenen Körper ansah, hielt Helene sie jedoch für reinen Schwindel.

»Dort sollen gefangene Offiziere untergebracht sein. Vor allem Russen.« Magda setzte sich auf und machte den Rücken gerade, als erwarte sie einen Appell.

»Und stell dir vor. Die müssen nicht arbeiten, haben ein Musikzimmer und eine Bibliothek.« Magda breitete die Arme aus. »Mit mehreren hundert Bänden russischer Literatur.«

Helene sprang auf, griff, einer inneren Leichtigkeit folgend, nach Magdas Händen und zog sie in den Stand.

»Und abends singen und tanzen sie im Musikzimmer«, rief Helene, wiegte sich in den Hüften und machte einige schnelle Schritte, so dass das weiche Gras ihre nackten Füße kitzelte.

Gemeinsam drehten sie sich im Kreis. Und sie lachten über die Vorstellung, dass dort ein uniformierter

Offizier den anderen zum Tanz aufforderte. Alles drehte sich, und wenn Helene die Augen schloss, hätten Magdas starke Arme Wilhelms sein können. Es hätte der Sommer vor Sophies Geburt sein können, einer der Sommer vor dem Krieg. Plötzlich stand alles still, und Helene spürte fremde Lippen auf ihren. Sie öffnete die Augen und erschrak.

»Darf ich?«, fragte Magda und war der Frage längst vorausgeeilt.

Helene zögerte, nickte dann aber doch. Magda küsste sie erneut, und wenn Helene die Augen schloss, war es gar nicht mal so schlimm. Sie schmeckte nach Schlehen und nach Staub und ein wenig nach Mann.

»Was ist?«, wollte Magda wissen.

Helene schmunzelte. »Du stinkst.«

»Na warte«, Magda schubste sie in Richtung See. Auf einem Bein hüpfend streifte sie die Fußlappen ab. Hose und Hemd warf sie über einen Busch. Nackt lief sie an Helene vorbei ins Wasser.

»Du auch«, rief Magda.

Helene genierte sich. Der Einzige, der sie außer der eigenen Mutter und Agnes je nackt gesehen hatte, war Wilhelm.

Mit schnellen Zügen schwamm Magda in die Mitte des Sees. Während Helene hinter einem Busch ihr Kleid auszog, hörte sie Magda, die nach ihr rief und prustete. Die Vögel spiegelten sich auf der Oberfläche des Sees und schienen im Wasser um Magda zu kreisen.

Obwohl der Teich kalt war, lief Helene hinein, bis die Wasserlinie ihr bis zum Hals stand. Der Schauder war ihr allemal lieber als die eigene Nacktheit.

Als ihre Füße drohten, den Boden zu verlieren, blieb sie stehen.

»Ich kann nicht so gut schwimmen«, rief sie.

»Was kannst du überhaupt?«, hörte sie Magda, die bereits am anderen Ufer des Mühlenteiches angelangt war.

Helene bohrte die Zehen in den schlickigen Untergrund. Die tieferliegenden Schichten des Sandes waren warm und angenehm weich. Im abnehmenden Nachmittagslicht sah sie, wie Magda mit gleichmäßigen Zügen geradewegs auf sie zuschwamm, als vermesse sie mit der eigenen Körperlänge den Durchmesser des Sees. Noch zehn Längen bis zu mir, dachte Helene. Noch drei, noch zwei, noch eine. Doch Magda verlangsamte nicht. Die noch ausgebreiteten Schwimmarme umfingen Helene, und sie spürte Magdas kleine Brüste an ihren eigenen und ihre Hände an ihrem Rücken und tiefer. Diesmal war es Helene, die Magda küsste. Sie roch nach Algen, nach Binsen und Pfeifengras, und ihre Haut war angenehm kühl. Sie hatten eine Temperatur, sie waren ein Körper. Helene schloss die Augen und roch den längst vergangenen Sommer mit Wilhelm. Magdas Hände wanderten tiefer, und Helene wurde schwindelig. Sie ließ sich von ihr leiten, spürte die eigenen Finger in Magda hineingleiten. Es war unerwartet warm, und Helenes Finger und ihre Zehen hatten plötzlich das gleiche Empfinden. Sie versank im warmen, feuchten Schlick. Der Boden unter ihr schien sich aufzulösen, wurde flüssig wie alles um sie herum. Sie konnte nicht mehr zwischen Wasser und Luft auf ihrer Haut unterscheiden. Sie wurde leicht und schwer zugleich, spürte, wie sie etwas nach unten zog und sie gleichzeitig mit den Vögeln flog, die über ihr im Aufwind kreisten. Und gerade, als Leichtigkeit und Schwere sich in der Unendlichkeit über ihr treffen wollten, machte Magda sich von ihr los und tauchte unter.

In böser Vorahnung fuhr Helene herum. Am Ufer, nicht weit von ihnen, stand ein Mann und hielt die leere Likörflasche in der Hand.

»Hans«, rief Helene aus. Doch eine Antwort blieb aus. »Hans, was machst du hier?«

Schwankend sah er sich um, betrachtete die herumliegenden Kleider, als brauchte er einen Augenblick, um zu begreifen, was hier geschah. Was er sah, musste für Hans ungeheuerlich sein.

Helene hielt die Arme vor der Brust verschränkt. Sie konnte hören, wie Magda, verborgen im Schilf, wieder auftauchte.

»Dann stimmen die Gerüchte also«, rief Hans.

Seine Körperhaltung verriet, dass er bei den Feierlichkeiten mehr als nur einen Rest Likör getrunken hatte. Er lachte, scheinbar über seinen eignen Gedanken.

»Fast jedenfalls. Dass du eine Frau versteckst, hat keiner geahnt. Eine Frau.« Er lachte erneut.

Helene sank tiefer in den weichen Boden.

»Na, dann komm mal raus.« Hans winkte mit Helenes Rock, als wollte er mit einem Stier kämpfen.

Helene sah zu der Stelle hinüber, an der sie Magda zuletzt gehört hatte, doch sie war verschwunden.

»Du willst sie doch wiederhaben, deine Sachen. Ein schönes Bild wäre das. Die ehrenwerte Kriegerwitwe nackt auf dem Feldweg. Jetzt, wo alle von den Festlichkeiten nach Hause kommen.«

Mit verschränkten Armen und gebeugt wie eine Geschlagene stieg sie aus dem Wasser. Als sie sich nach ihrer Schürze bückte, packte er sie bei den nackten Armen.

»Was gibst du mir denn, damit ich dich nicht verrate? Dich und die kleine Russenschlampe.«

Er hielt ihre Handgelenke in festem Griff. Als er eine Hand losließ, um Helene ganz zu umfassen, machte sie sich weich, ließ es zu. Sie würde ertragen, was Magda ertragen hatte, für Magda. Sie würde sich ihm überlassen. Hauptsache, Magda war da, um sie zu heilen.

Und gerade als Hans ihr in den Nacken griff wie einem schlachtreifen Kaninchen, erblickte sie Magdas hocherhobene Hände hinter ihm. Und in diesen Händen ruhte ein Stein von der Größe seines Kopfes, den Magda lautlos auf ihn hinuntersausen ließ. Unter einem Stöhnen glitt Hans mit dem Gesicht an

Helenes nacktem Körper entlang und landete auf den Knien. Als Magda ein zweites Mal den Stein in die Luft riss und ihn ohne das Gesicht zu verziehen herunterschnellen ließ, knackte sein Schädel, und seine Hände ließen Helenes Gelenk frei.

Mit geschlossenen Augen kippte er zur Seite und landete mit dem Kopf im Wasser. Vögel stoben auf, und ein Schwarm kleiner Fische flüchtete. Dann lag der See wieder ruhig da. Ein Rinnsal, ähnlich gefärbt wie der Schlehenlikör, floss ins seichte Wasser, bildete kleine Wirbel und verflüchtigte sich.

VOR DEN PANORAMAFENSTERN lag die Terrasse in gleißendem Licht. Lediglich die cremefarbene Markise warf ein wenig Schatten auf das Pflaster. Ein Schwarm Spatzen kam geflogen und wartete vergeblich auf Krümel. Diese fielen heute auf den frisch gewienerten Boden des Speisesaals. Die Klimaanlage summte.

»Zu heiß draußen, nichts fürs Herz«, hatte eine der Pflegekräfte entschuldigend gesagt und die beiden von der Rezeption bis zu Ediths Tisch begleitet. Die alte Dame saß allein, vor ihr das unangetastete Stück Kuchen.

»Apfelkuchen«, sagte sie vorwurfsvoll, als sie Mark erblickte.

»Sieht lecker aus.« Er erhob die Stimme, als würde er jemanden am anderen Ende des Raumes ansprechen. Edith schüttelte den Kopf und griff sich hinters Ohr.

»Sieht doch gut aus.«

Sie schüttelte umso heftiger den Kopf, als sie verstanden hatte. Er küsste sie zwischen Mund und Ohrläppchen, an dem ein angelaufener Ohrring den Perlenkopf hängen ließ.

»Was meinst du, wie viel Apfelkuchen ich in meinem Leben gegessen habe. Irgendwann ist es genug.«

Mark nahm ihre Gabel und probierte. »Lecker.«

Edith machte eine wegwerfende Handbewegung.

»Stell mir lieber meinen Besuch vor.« Sie betrachtete Svea und das Paket vor ihrem Bauch.

»Das sind Svea und Linus«, sagte Mark mit vollem Mund.

»Nun, das ging aber schnell«, sagte Edith in seine Richtung und musste selbst über ihren Scherz lachen.

Mark schüttelte entschuldigend den Kopf und schob zwei Stühle an den kleinen Tisch.

»Sie sind also nicht seine Freundin?«, fragte Edith.

»Nein«, erwiderte Svea.

»Das heißt, der kleine Mann da ist auch nicht mein Urenkel.«

»Oma«, mahnte Mark.

»Schade. Hätte ja sein können. Sie würden zu ihm passen, vielleicht überlegen Sie es sich nochmal.«

Svea lächelte und nestelte am Tragetuch.

»Svea hat etwas mitgebracht. Sie möchte dich gerne dazu befragen«, erklärte Mark.

»Vielleicht können Sie mir hierbei helfen«, sagte sie.

Svea nahm die Briefe aus der Tasche, zog jeden einzelnen aus seinem Umschlag und breitete sie vor Edith aus. Sie nahm eines der brüchigen Papiere in die Hand und begann laut zu lesen.

»Die sind von Sophies Mutter«, Edith klang erstaunt. Umständlich stellte sie ihr Hörgerät ein. Die Nebengeräusche im Speisesaal bereiteten ihr sichtlich Schwierigkeiten.

»Kannten Sie Frau Potthoff?« Sveas lautes Sprechen hatte Linus aufgeweckt. Unruhig sah sie sich um. Mark streckte seine Arme aus. Ohne darüber nachzudenken, löste sie die Enden des Tragetuchs und reichte ihm das quengelnde Kind. Er klemmte Linus unter den Arm und ging mit ihm nach draußen. Svea sah ihnen hinterher.

»Sie meinen Selhorst. Helene und Sophie Selhorst?«

Svea stutzte. Dann tippte sie auf einen der anderen Briefe. Edith hielt sich das Blatt vor die Augen, um die verblasste Schrift entziffern zu können.

»Franz, genau, so hieß er, Franz Selhorst war der Mann von Helene. Und der Vater von Sophie.«

»Das verstehe ich nicht«, sagte Svea. »Sehen Sie hier, Franz und Helene schreiben sich wie Fremde.«

Ungläubig schob Edith ihre Brille zurück auf die Nasenwurzel und las den Brief, den Svea ihr gereicht hatte.

»Tatsächlich.«

»Wenn ich die Briefe richtig verstehe, ist Helenes Mann im Ersten Weltkrieg gefallen. Hier schreibt sie einem völlig fremden Soldaten.«

Ediths Kopfschütteln ließ die Brillenkette schwingen. »Sie müssen sich begegnet sein. Sophie und auch Helene trugen den Namen dieses Mannes, als ich sie kennen gelernt habe. Beide hießen Selhorst. Nicht Potthoff.« Edith schüttelte noch vehementer den Kopf. »Den Namen habe ich noch nie gehört.«

»Wie kann das sein? Warum sollte Helene ihrer Tochter den wirklichen Vater verheimlichen?«, wollte Svea wissen.

»Wut, Trauer, Scham. Suchen Sie sich was aus«, sagte Edith und zuckte mit den Schultern.

»Ich kann mir nicht vorstellen, meinem eigenen Kind den Vater vorzuenthalten.«

»Sophie hatte ja einen Vater.«

»Den falschen.« Svea tippte auf den Absender eines Briefs. »Sophie muss als Kind Potthoff geheißen haben, so wie ihre Mutter.« Sie unterstrich eine Textzeile mit dem Zeigefinger. »Sehen Sie hier, Helene schreibt von ihrer Tochter.«

»Das übersteigt meine Vorstellungskraft.« Edith lehnte sich zurück.

»Sophie kann nicht Franz Selhorsts Tochter sein, weil sie in diesen Briefen bereits auftaucht«, erklärte Svea.

»Liebchen«, sagte Edith und griff nach ihrer Hand, »zu jener Zeit war vieles anders. Der Krieg, den ich erlebt habe, war in mancher Hinsicht ähnlich. Nach dem Krieg war es wichtig, einen Mann im Haus zu haben und einen Vater für die Kinder.«

»Meinen Sie, Sophie hat gewusst, dass ihr leiblicher Vater ein anderer ist?«

Edith seufzte und sah Mark hinterher, der Linus über dem vertrockneten Rasen kreisen ließ wie eine Propellermaschine über der Sahara.

»Warum interessieren Sie sich für die Familie?«

»Ich wohne in ihrem Haus. Mark sagte, Sie hätten gegenüber gewohnt.«

»Oh ja«, Edith strahlte, »meine Eltern haben gegenüber eine Wirtschaft mit Tanzsaal betrieben.«

Svea nickte. »Ich sehe Ihr Haus aus meinem Küchenfenster.«

»Richtig. Rechts die Wirtschaft, links die Wohnung. Es ist viel später gebaut worden als das Haus der Selhorsts.«

»Das Haus der Potthoffs«, korrigierte Svea.

»Was soll das bringen?« Edith sah sie streng an. »Ich meine wirklich, was versuchen Sie zu beweisen?«

Svea zuckte mit den Schultern.

Sie hätte von den Fotos erzählen können und davon, dass der Schaden für sie bereits im gepflanzten Zweifel lag. Dass selbst wenn die Fälschung entlarvt war, man keine Wiedergutmachung erwarten konnte. Svea war klar, dass ein Profi das Bild von Helene und ihrem Mann zusammengesetzt haben musste. Es handelte sich um keine Collage, sondern um eine Retusche, die vorgab, die Wirklichkeit abzubilden, echt zu sein. Wer diese Echtheit hatte behaupten wollen, wer der Auftraggeber war, konnte Svea nur ahnen.

Sie hätte Edith auch davon erzählen können, dass sie Christian vermisste, so sehr, dass sie ihn überall sah. Dass sie sich danach sehnte, dass er der Mann sein würde, der den Platz neben ihr einnahm, auf

Bildern, die es noch nicht gab. Und sie wollte, dass Linus, der noch immer mehr ihr Kind war als Christians, einen Vater bekam, nicht irgendeinen, sondern den richtigen.

Oder sie hätte ihr erzählen können, wie sehr sie sich vor sich selbst fürchtete und vor den Fluchtgedanken, die besonders stark waren, körperlich geradezu, wenn Mark in der Nähe war. Sie hätte Edith sagen können, dass sie sich stärker nach einer Berührung ihres Enkels sehnte, als sie sich selbst eingestehen wollte. Eine beiläufige Berührung nur, und die Rolle des Mannes an ihrer Seite wäre in Frage gestellt. Welchen Mann Helene wirklich geliebt hatte, schien ihr von elementarer Wichtigkeit für ihr eigenes Leben, und für das Leben von Linus. Svea kannte und erkannte sich selbst nicht mehr.

Doch dann sagte sie etwas anderes, etwas, das sie selbst so sehr überraschte, dass ihr Herz einen Augenblick lang innehielt.

»Das ist doch jetzt auch meine Familie.«

Edith sah sie prüfend an. »Sie sind Christians Frau? Nun, ich hätte nicht gedacht, dass er wiederkommt.«

»Warum nicht?«

»Er hat sich nicht sehr gut um seine Mutter gekümmert, als es ihr schlechtging, er war immer weit weg.«

»Er wird seine Gründe gehabt haben«, entschuldigte Svea ihn.

Auch heute war er weit entfernt, so weit, dass es

nicht weiter möglich war. Christian war ohne sie am anderen Ende der Welt. Und plötzlich spürte sie den Schmerz, den Christians Mutter gespürt haben musste.

»Ich hätte nicht gedacht, dass er sich etwas aus dem alten Haus macht. Auch nicht, dass er eine Frau mitbringt, die das tut.«

»Das Haus ist voller Spuren. Es ist beinahe, als wären die Leute noch immer da.« Svea faltete die Briefe und steckte sie zurück in die Umschläge. »Ich versuche nur, etwas mit all den Dingen anzufangen, die sie zurückgelassen haben.«

Edith seufzte und legte die nackten Unterarme auf dem Tisch ab.

»Liebchen, jetzt will ich Ihnen mal was sagen. Meine Generation, die von Sophie, hat viel erlebt, mehr, als wir zugeben. Diese Erinnerungen nehmen wir mit, wenn wir gehen. Der Krempel, den wir in unseren Häusern hinterlassen, bedeutet nichts.« Sie sah sich nach Mark um. Der hatte sich in einen Gartenstuhl in den Schatten gesetzt, Linus schien nach den Flugabenteuern in seinem Arm eingeschlafen zu sein.

Edith wandte sich wieder Svea zu und zeigte ihr die Innenseite ihres linken Arms. »Sehen Sie diese Narbe?«

Svea nickte. Ediths Unterarm war vernarbt, vom Ellenbogen bis zum Handgelenk. Es sah aus, als hätte man ihn mit einem Messer aufgeschlitzt. Die weiche

Narbenhaut gab nach, als Edith mit den Fingern darüberstrich.

»Die habe ich aus dem Flussschwimmbad. Nach dem Krieg sind wir oft dort gewesen. An einem wunderschönen Sommertag, als schon Frieden war, bin ich ins Wasser gesprungen. So …«, sagte sie und hielt die Arme wie zum Köpper nach oben.

»Der Fluss war nicht tief. Ich kannte die Stelle, war eine gute Schwimmerin. An diesem Tag lag eine kaputte Glasflasche am Grund. Die Leute hatten ein Fest gegeben, hatten den Frieden gefeiert. Niemand konnte etwas dafür, dass sie dort lag. Es war eine große, dickwandige Bierflasche, der Länge nach zerbrochen. Ich bin wie immer flach hineingesprungen. Als ich hochkam und das Wasser sich um mich herum schon rot färbte, war da dieser junge Mann. Er hat mich an Land gezogen. Mit seinem Handtuch hat er den Arm abgebunden. Ich habe ihn geheiratet.«

Sie hob die Brauen über den glänzenden Augen, als warte sie auf eine Reaktion. Dann zeigte sie mit dem versehrten Arm in Richtung Terrasse. »Es ist Marks Großvater.«

»Eine schlimme Geschichte«, sagte Svea und betrachtete die Narbe, »aber auch schön.«

Edith nickte verschwörerisch und rieb unter den Brillengläsern ihre Augen.

»Ja, das ist es, eine Geschichte, nichts weiter.« Edith tippte auf die vernarbte Haut. »Aber Sie sind eine von denen, die wissen wollen, was hier wirklich passiert ist.«

»Ich verstehe nicht.«

Edith lachte bitter. »Natürlich nicht. Wie denn auch. Ich bin eine exzellente Lügnerin.« Ihre Stimme senkte sich zu einem Raunen. »Tatsächlich ist diese Narbe zwei Jahre älter, als ich vorgebe. Aus der Zeit, als der Krieg zu uns Frauen nach Hause kam.« Ihre bläuliche Unterlippe zitterte leicht.

»Unsere Wirtschaft war damals zum Lazarett umfunktioniert. Meine Mutter hat die verwundeten Soldaten bekocht. Ich habe den Krankenschwestern geholfen. Mein Vater ...«, ihre Stimme versagte. Edith räusperte sich. »Mein Vater hat im Garten Erde ausgehoben, Gräber für die Verstorbenen des Lazaretts gegraben, eins neben dem anderen, den ganzen Tag. Und dann kamen die Bomben. An einem Tag haben sie uns nur knapp verfehlt. Alle Fensterscheiben sind zerborsten. Ich habe von der Scheibe des Küchenfensters nur einen langen Splitter abbekommen. Die übrigen steckten im Körper meiner Mutter. Mein Vater lag am Ende dieses Tages in einem der Löcher, das er selbst gegraben hatte. Daneben ein noch viel tieferes, der Krater der Bombe, so als wollte der Krieg ihn als schlechten Arbeiter bloßstellen.« Edith rang um Fassung.

»Es tut mir leid.«

»Sie verstehen? Manche Dinge bleiben besser in der Vergangenheit.«

Svea hatte das Gefühl, etwas Unvorhersehbares ausgelöst zu haben. Sie wollte es wiedergutmachen. »Wo haben Sie Ihren Mann wirklich kennen gelernt?«

Edith schnäuzte sich in ein Stofftaschentuch mit hellblauem Saum und lächelte schwach. »An jenem Tag im Flussschwimmbad, als schon Frieden war und ich mich so furchtbar ungeschickt verletzt habe.«

Svea verstand.

Edith schüttelte den Kopf und zog die Nase kraus. Dann blickte sie mit einem Seufzen ins Unbestimmte.

»Sophie Selhorst war älter als ich.« Sie nickte bestätigend. »Bestimmt zehn Jahre. Als sie im Sterben lag, habe ich oft nach ihr gesehen. Ich musste ja nur über die Straße. Ihre Tochter und ihr Mann, die damals schon mit im Haus wohnten, hatten ein Kind. Christian. Seine Eltern mussten arbeiten gehen. Ich habe Sophie nicht gepflegt, nur ab und zu bei ihr gesessen. Dann haben wir geredet.«

»Worüber haben Sie sich unterhalten?«

»Sie sind ganz schön hartnäckig.«

Svea lächelte ertappt.

»Sie hat erzählt, dass ihr Vater zu früh gestorben ist. Kurz nach dem Ersten Weltkrieg. Er war schwer verwundet worden und erholte sich nicht mehr. Sie hatte wenige bewusste Erinnerungen an ihn. Er muss gestorben sein, bevor ich geboren wurde. Sophie sagte mir, die Mutter hätte ihn sehr geliebt und nach dem Krieg nur noch ein paar schöne Jahre mit ihm gehabt. Danach waren Sophie und ihre Mutter allein.«

Svea wurde bewusst, dass Helene zwei Männer auf ähnliche Weise verloren hatte. Der Krieg, so viel verrieten die Briefe, hatte ihr einen neuen Mann geschenkt und ihn ihr, laut Edith, kurz darauf wieder genommen.

»Ich habe keine Fotos von Franz Selhorst gefunden. Nur von Helenes erstem Mann. Es gibt ein großes gerahmtes Bild, auf dem Helene als junge Frau, Sophie als Kleinkind und ihr erster Mann zu sehen sind. Im Hintergrund sieht man eine Leinwand mit Bergen.«

»Schwarzer, breiter Rahmen?«

Svea nickte.

»Das ist Franz Selhorst auf dem Bild. Das ist er. Dieses Foto hing in Sophies Wohnzimmer, bis zum Schluss. Das ist ihr Vater.«

Svea war verwirrt, sie brachte die Bilder, die sie gesehen hatte, nicht mehr mit den Namen überein.

»Das kann nicht sein. Als das Foto angefertigt wurde, haben sich Helene und Franz noch als Fremde geschrieben. Sehen Sie?« Svea deutete auf einen der Briefe, dem das Familienbild als Miniatur beigelegt gewesen war. »Helene hat es Franz an die Front geschickt.«

»Wie schon gesagt, ein lebendiger Vater war besser als ein toter, und so genau hat damals niemand nachgefragt. Vielleicht war Sophies Mutter eine gute Geschichtenerzählerin. Oder sie hat einfach gar nichts gesagt.«

»Das hieße, dass auf dem Bild Helenes erster Mann

abgebildet ist, von dem wir nur den Nachnamen kennen …«

»Potthoff«, las Edith den Absender von einem der Briefe ab.

»Sophie aber dachte, es wäre Franz Selhorst, der auf dem Foto neben ihrer Mutter steht«, schlussfolgerte Svea.

Edith lehnte sich zurück. Sie musterte Svea und legte den Kopf schief, so dass die Brillenkette rechts frei schwang und sich linksseitig an ihre Wange schmiegte.

»Aber warum interessieren Sie sich ausgerechnet für Helene? Es hat so viele Leute in diesem Haus gegeben. Sie ist schon sehr lange tot. Was ist mit denen, die danach kamen? Christians Eltern zum Beispiel?«

Svea musste sich eingestehen, dass sie es selbst nicht wusste.

»Helene ist so schön weit weg, habe ich Recht? Sie hat mit Ihnen nichts mehr zu tun.« Sie musterte Svea kritisch. »Wir meinen, die, die weit weg sind, könnten uns nichts anhaben. Aber das ist ein Trugschluss.«

Umständlich sah sie sich nach Mark um.

»Ihr Kleiner da, er ist Christians Kind.«

»Ja«, sagte Svea.

Edith drehte sich zu ihr zurück und nickte nachdenklich. »Helenes Ururenkel.«

Svea sah hinaus, wo Mark mit Linus im Arm aufstand und sich ihnen zuwandte. Linus würde in einem Haus aufwachsen, das eine Geschichte hatte. Und plötzlich hatte Svea das Gefühl, dass sein Leben etwas fortsetzte, eine Reihe fortführte, und dass sein Dasein allein dadurch bereits einen Sinn bekam. Seine Ururgroßmutter hatte einen Namen, und Linus würde ihn später wissen. Sie hatte Helene geheißen.

Edith musterte Svea. »Nehmen Sie noch an unserem Abendspaziergang teil?«

Gemeinsam liefen sie die Straße hinunter. Mark schob Ediths Rollstuhl, Svea trug Linus vor dem Bauch. Die anbrechende Dunkelheit schwärzte das Dickicht unter den Bäumen.

Edith zeigte in Richtung des Schornsteins, der über den Baumkronen aufragte. Durch die dichten Bäume hindurch versuchte Svea ihn nicht aus den Augen zu verlieren.

»Ich hätte nicht gedacht, dass Sie so spät noch spazieren gehen dürfen«, sagte sie.

»Üblich ist das nicht«, gab Edith zu, »es kostet mich etwas. Kleine Bestechung.« Sie zwinkerte mit den trüben Augen. »Aber tagsüber ist es mir im Augenblick zu heiß, und abends ist die Luft im Wald nach einem schönen Tag einfach wunderbar.«

»Sie haben ja jemanden, der auf Sie aufpasst.«

»Oh ja, ein starker Mann, mein Enkel.«

Mark schüttelte in ihrem Rücken den Kopf.

»Die Damen im Heim gucken immer, wenn er kommt.«

»Aus Neid?«, fragte Svea.

»Sie mögen nicht, dass er tätowiert ist.«

Sie drehte sich zur Seite und sah zu Svea auf. »Wissen Sie was: Ich mag es.«

»Da lang?«, fragte Mark und zeigte nach links.

»Ich würde gerne mal zur Fabrik laufen«, sagte Svea.

»Oh ja. Da war ich schon ewig nicht mehr. Christian arbeitet dort, stimmt's? Aber jetzt hat er bestimmt schon Feierabend.«

»Er ist auf Geschäftsreise«, sagte Svea, und Mark wich ihrem Blick aus.

»Trotzdem. Mark kann uns zeigen, wo er nachts arbeitet.«

Mit offensichtlichem Widerwillen drehte ihr Enkel den Rollstuhl und schob in die andere Richtung.

»Man sieht schon die Zigarre«, sagte Svea zu Edith.

»Dass Sie den Ausdruck noch kennen.«

»Schorsch hat ihr davon erzählt«, erklärte Mark.

»Der hängt an alten Geschichten.« Edith nickte nachdenklich. »Aber nicht an mir.« Sie seufzte und wirkte plötzlich noch kleiner und dünner, verschwindend fast.

»Er lässt grüßen«, log Mark, und Svea sah ihn fragend an. Unschuldig zuckte er mit den Schultern.

»Da hinten«, er beugte sich zu Edith hinunter und zeigte auf eine beleuchtete Lichtung im Wald. Große Strahler erhellten das Ende des Waldweges. Eine zweispurige Straße querte den Pfad und führte in einer weiten Kurve zu einem Pförtnerhäuschen. »Da arbeite ich.«

Edith kniff die Augen zusammen. »Stelle ich mir anstrengend vor, die ganze Nacht wach zu bleiben. Hier passiert doch nichts.«

»Nicht viel jedenfalls.«

Als sie weitergingen, bekam der beleuchtete Kubus klare Umrisse. Das Licht des Wärterhäuschens erhellte die erste Baumreihe. Zwei große Strahler waren auf eine Schranke gerichtet. Dahinter lag das Firmengelände wie ein nächtlich beleuchtetes Containerschiff. Kleine Lichter blinkten aus der Dunkelheit, gelb und grün, aus schmalen silbernen Schornsteinen stieg Rauch auf. Die Zigarre wirkte zwischen den neuen Anlagen winzig und auf eine beklemmende Weise eingeengt.

»Ich hatte sie mir größer vorgestellt«, sagte Svea.

»Früher war sie groß«, erwiderte Edith.

»Kein Wunder, dass man sie von uns aus heute nicht mehr sieht. Die neuen Anlagen sind gigantisch.« Svea drehte sich um und versuchte in der Dunkelheit hinter sich die Richtung zu erahnen, in der ihr Haus lag. »Außerdem sind die Bäume zu hoch.«

Mark klopfte an die Scheibe des Pförtnerhäuschens und schreckte einen schläfrig aussehenden Mann in seinem Alter auf. Dieser stand auf und öffnete eine Tür neben der Sprechvorrichtung.

»Hey«, sagte er und schüttelte Mark die Hand.

»Hat frei und treibt sich hier rum.« Er musterte Svea. »Wollt ihr reinkommen?«

Mark zögerte, doch Edith antwortete für ihn. »Ich möchte sehen, was Sie hier machen.«

»Kai«, stellte Marks Kollege sich vor. »Nicht viel«, gab er zu, als Mark den Rollstuhl über eine Stufe ins Innere beförderte. »Wir sitzen hier, schauen auf die Monitore, ab und zu kommt ein Lkw, der Rohmaterial bringt. Dann machen wir die Schranke auf. Fertig.«

Edith beugte sich im Rollstuhl vor und betrachtete die Bilder auf den Monitoren. »Das Programm ist genauso langweilig wie im Fernsehen.«

Kai lachte, drückte einen Knopf, und eine der Aufnahmen wechselte. »Da wird gerade Zellstoff entladen. Wenn ich mir ansehe, wie die sich abmühen, dann mag ich meinen Job wieder ganz gerne.«

»Setz dich doch«, bot er Svea an.

Sie rückte Linus zurecht, der wach geworden war und leise quengelte. Dankend setzte sie sich mit ihm auf einen Bürostuhl. Mark lehnte sich an den Tisch, auf dem die Bildschirme nun unterschiedliche Ansichten des Firmengeländes zeigten. Durch eines der Bilder lief ein Wachmann mit Hund.

»Was bewachen Sie hier?«, wollte Edith wissen. »Fotopapier?«

Kai lächelte verschmitzt, zog sein Portemonnaie aus der Gesäßtasche und fischte nach einem Schein. Wortlos hielt er ihn hoch.

»Sie produzieren Papier für Geldscheine?«, Edith

nickte anerkennend. »Mark, das hast du mir nicht erzählt.«

Mark sah seinen Kollegen ausdruckslos an und zuckte dann mit den Schultern, als habe er diese Information nicht für so wichtig gehalten.

»Wir passen nur darauf auf, dass niemand reinkommt, der nicht rein soll«, sagte er.

»Und wo arbeitet Christian?«, wollte Edith wissen.

Mark drehte sich um und betätigte einen Schalter. Jenseits der Schranke ging das Licht im Eingangsbereich eines Bürogebäudes an. Svea rollte mit ihrem Stuhl näher ans Fenster. Bodentiefe Scheiben gaben Einblick in das untere Stockwerk. Das gleißende Licht legte blanke Flächen und moderne Sofas frei. Svea hatte eine Eingangshalle mit dem Charme einer Sparkasse erwartet. Stattdessen wirkte sie wie die Empfangshalle eines noblen Hotels. Linus verstummte, und Svea spürte, wie sein Köpfchen auf ihrem Brustkorb schwerer wurde.

»Die, die da arbeiten, sitzen um diese Zeit alle schon auf ihrem eigenen Sofa«, sagte Kai und verschränkte die Arme.

Mark schaltete das Licht wieder aus, und Svea vermied es, ihn anzusehen.

»Wir sollten gehen«, sagte Mark. »Es ist spät.«

Auf dem nun beleuchteten Rasen vor dem Gebäude sprang die Bewässerungsanlage an. Linus lag nun wieder schlafend an Sveas Brust. Und Edith sah erschöpft aus.

Svea atmete tief ein, als sie den Kubus verließen und die Rasensprenger angenehm kühle Luft zu ihnen herüberschickten. Zwischen den Stämmen der Bäume hatte jemand einen schwarzen Vorhang zugezogen. In großem Abstand war der Weg von Laternen beleuchtet. Dazwischen musste Svea aufpassen, wohin sie trat. Edith schlief nach wenigen Minuten auf dem Waldweg im Rollstuhl ein. Svea lief neben Mark, als dieser sie in der Dunkelheit von der Seite ansah. Er löste die rechte Hand vom Griff, mühelos schob er Edith einhändig über den holprigen Pfad. Die Buchstaben auf seinen Fingern schwangen nun neben Sveas Hand, glichen sich ihrem Takt des Pendelns an. Wie zufällig berührte er sie.

»Wir sollten sie nach Hause bringen«, sagte Svea, bevor er stehenbleiben konnte.

Lieber Franz,

ich nenne Sie beim Vornamen, weil Sie mir mittlerweile beinahe ebenso vertraut erscheinen wie mein eigener Mann. Es gibt einen Umstand, der mir, neben dem Schicksal, das Sie mir schildern, schlaflose Nächte bereitet. In dem Brief, den ich zum Tode meines Mannes erhalten habe, war nicht nur der Ort angegeben, an dem er gefallen ist, sondern auch die Umstände. Ein Wort lässt mich dabei nicht los. Es umkreist mich wie eine angriffslustige Wespe. Mein Mann ist an einem Rückenschuss verblutet. Hunderte Male habe ich diese Szene in Gedanken durchgespielt. Ich bin nur eine Frau und habe keine strategische Erfahrung. Aber mein Verstand sagt mir, dass es nur zwei Möglichkeiten gibt, auf diese Weise getroffen zu werden. Die eine schließt eine Absprache mit ein. Vielleicht geriet mein Mann in ähnlich schwierige Umstände, wie Sie sie schildern. Vielleicht bat er einen Kameraden, ihn zu verwunden, nur leicht, damit er in ein heimisches Lazarett überführt würde. Wäre er dann ein Feigling? Die andere Möglichkeit wäre, und vielleicht ist dieser Gedanke meiner weiblichen Sichtweise geschuldet, dass er unter feindlichem Beschuss um sein Leben bangen musste und beim Davonlaufen getroffen wurde. Wäre er dann ein Deserteur?

Mit der Bitte um Antwort

Helene Potthoff

FRITZ WAR DER letzte Mann im Haus. Der neue Nachbar war mit Rudolf in den Krieg gegangen und hatte zwei leere Zimmer hinterlassen, die Helene wieder bezog. Durch die Wand hörte sie an manchen Abenden Fritz' Spiel auf der Geige. Immer wieder machte er Fehler, pausierte und setzte neu an.

Abends, wenn er erschöpft war und sein Beinstumpf vom Laufen schmerzte, schnallte er seine Prothese ab und saß einbeinig auf der Küchenbank. Wie ein Windsack bei Flaute hing seine Hose dann über die Kante. Also nahm er das leere Hosenbein, rollte es auf und klemmte es unter den Stumpf. Dadurch wurde umso deutlicher, was am Tage nur anhand seines Gangs zu erahnen war. Ihm fehlte etwas, und manchmal, wenn Helene ihn dort so sitzen sah, fragte sie sich, ob man auch ihr ansah, dass Wilhelm fehlte, ob auch ihre Versehrtheit erkennbar war.

»Du hast dich verändert, Mädchen«, sagte Fritz eines Abends, als Helene erst spät in die Küche kam.

Sie blickte in die leeren Töpfe, und Fritz schüttelte den Kopf.

»Wie soll man in diesen Zeiten die Alte bleiben.«

»Du bist härter geworden. Stehst deinen Mann.«

Helene lächelte schwach.

Fritz kratzte sich am Kopf, so dass die wenigen

Haare, die er noch hatte, vom Kopf abstanden. »Es kommt nicht aus dir selbst, habe ich recht?«

»Wie meinst du das?« Helenes Magen zog sich zusammen.

»Zu zweit ist manches einfacher.« Fritz nestelte an der Falte seines umgeklappten Hosenbeins.

Zu gerne hätte sie ihn um Rat gefragt, ihm von Magda und den Briefen des Soldaten erzählt. Sie war sich sicher, dass er sie nicht verraten würde, dass er der Einzige war, der Verständnis haben würde, für sie und ihre Einsamkeit. Doch wenn sie daran dachte, in welche Lage sie ihn damit brachte, wurde ihr bang. Sie hatte mit sich gerungen, als drei Tage die Post nicht kam und die anderen Hausbewohner sich darüber wunderten. Wie Gerlinde hatte sie mit den Schultern gezuckt und am Morgen aus dem Fenster ans Ende der Allee gestarrt, wo sonst Hans um diese Zeit mit seinem Rad auftauchte.

Ununterbrochen dachte sie an den leblosen Männerkörper im Schilf. Ein weiteres unnützes Opfer des Krieges. Sie selbst war Teil von etwas geworden, was sie noch bis vor kurzem von sich gewiesen hatte, sie gehörte zu denjenigen, die Schuld auf sich geladen hatten.

Magda sah sie nun seltener. Ihre Treffen wurden zu reinen Essensübergaben. Sie versorgte Magda weiterhin, doch wurde sie das Bild nicht los, Magda, die Hans mit ungerührtem Blick erschlug.

»Ich bin wie dein linkes Bein«, sagte Helene und

wandte sich von Fritz ab, »ich komme auch alleine klar.«

Fritz nickte, als wisse er, dass sie ihr Geheimnis nicht mit ihm teilen konnte.

Nach einer Woche ohne Post wurde Hans durch einen jungen Burschen ersetzt, der nichts über den Verbleib des Kollegen wusste. Gerlinde vermutete, dass auch Hans sich freiwillig gemeldet hatte und nun an Rudolfs Seite stand. Der neue Bote überreichte Helene die Briefe, ohne je eine Frage zu stellen.

Helene ging zur Arbeit, half im Frauenverein, stand in der Stadt um Essen an und lag nachts neben Sophie, die niemals erfahren sollte, was ihre Mutter getan hatte. Und als bräuchte diese Täuschung einen Beleg, ein Bild, folgte sie nun einer Empfehlung, die sie noch vor kurzem abgelehnt hatte.

Die gesamte Strecke bis zum Bahnhof hatte Helene Sophie in dem Handkarren gezogen. Um den langen Weg in die Stadt getragen zu werden, war sie mittlerweile zu schwer. An der Endhaltestelle der Straßenbahn stellte Helene den Karren ab. Beim Einstieg schwieg sie zu Sophies großen Augen und zu ihrem Fingerzeig auf den grün und gelbgrau gestrichenen Triebwagen. Helene warf zehn Pfennig in den Zahlkasten und setzte sich mit ihr auf eine der schmalen Holzbänke. Sophie schaute ehrfürchtig, als der Wagen sich in Bewegung setzte, doch Helene sah aus dem Fenster, hinauf zu den Fahrleitungen, die seit wenigen Jahren die Stadt durchkreuzten wie unbedacht gespannte Wäscheleinen. Sophie gluckste und reckte sich nach dem Hut eines Mannes, der vor ihnen in der Bankreihe saß. Unauffällig drückte Helene ihr Ärmchen herunter, und Sophie sah sie mit gehobenen Brauen an. Sophie hatte so eindeutig Wilhelms Augen, dunkle Augen, die seine Familie aus einer Gegend jenseits von Posen mitgebracht hatte. Mit diesen Augen sah ihre Tochter sie täglich an.

Helene schüttelte stumm den Kopf und ahnte, dass dieses Kopfschütteln Sophie weiter von ihr entfernte.

Sophie konnte mittlerweile die Namen aller Hausbewohner mehr oder weniger verständlich aussprechen. Für Helene jedoch hatte sie nur ein unentschlossenes Geräusch. Wenn sie sich abends nach getaner Arbeit nach Fäulnis stinkend an den Tisch zu Agnes und den Kindern setzte, verstummten die älteren Klockenbuschkinder. Nur Sophie machte ihrem Unverständnis und ihrem Ekel unbefangen Luft. Der Laut, der wie ein enttäuschtes Seufzen klang, gehörte nun zu Helene wie ein zweiter Vorname. Sophie hatte sich dafür entschieden, die eigene Mutter nicht weiter zu benennen als mit Ablehnung. Und auch wenn Helene wusste, dass Sophie nicht verstand, warum sie so selten da war, hatte sie der Abwehr ihrer Tochter nichts entgegenzusetzen. Sie stimmte dem Bild zu, das Sophie von ihr hatte.

Der Triebwagen rüttelte quer durch die Stadt. Für Sophie musste es sich anfühlen wie das vertraute

Schuckeln der Wiege, der sie längst entwachsen war. Ihre Lider flatterten wie kleine Schmetterlinge und schlossen sich dann ganz. In dem Moment, in dem ihr Kopf zur Seite und an Helenes Brust kippte, schien es ihr nichts mehr auszumachen, dass dort nicht Agnes saß, nicht Fritz oder Rudolf. Helene legte ihren Arm um sie und griff unter ihr Beinchen, damit das Rütteln sie nicht von der Bank zog. Sie sah zu ihr hinab, betrachtete ihr schlafendes Kind in dieser ungewohnten Vertrautheit. Behutsam strich sie Sophie über den Kopf. Helene wusste, was sie täglich versäumte, was sie Sophie schuldig war, und dieser Gedanke trieb ihr die Tränen in die Augen.

Sie wendete den Blick ab, sah auf die Straße und betrachtete die vorbeiziehenden Geschäfte mit ihren sommerlichen Markisen. Die Straßenbahn hatte die letzte Essensausgabe der Armenspeisung hinter sich gelassen. In dem wohlhabenden Viertel, das sie nun passierten, erschien der Krieg wie abgemildert.

Sie passierten die Buchhandlung Kleinert, Goldwaren Siebeck und ein Kurzwarengeschäft mit üppiger Auslage. Ausgerechnet vor einem Kredithaus hielt der Wagen, um einer Kutsche mit vier Pferden die Vorfahrt zu lassen. Helene sah in die andere Richtung.

Je weiter sie fuhren, desto edler erschienen ihr die Kleider und Hüte der Damen, die Anzüge der Herren. Helene trug ihr Kirchkleid, das ihr um die Taille zu weit geworden war. Sie hatte es unter dem

Schürzenband mit Nadeln festgesteckt und hoffte, dass niemand es bemerkte.

Den Stoff für dieses Kleid hatte sie noch vor dem Krieg beim Stoffhaus Rindchen gekauft. Wilhelm hatte ein halbes Vermögen dafür bezahlt. Jetzt, wo sie sich keine neuen Kleider kaufen konnte, machte sich der teure Stoff bezahlt. Bis auf ein paar geflickte Stellen am Saum war es makellos. Für Sophie hatte Agnes ein neues Kleid aus den alten Gardinen genäht. Auch ihr war das Kleid etwas zu groß, sie sollte es lange tragen können.

»Zur Hochzeit müssen wir ihr ein Neues machen«, hatte Agnes bei der Anprobe gescherzt. Helene hatte nicht gelacht.

Sie passierten viele gusseiserne Haltestellenschilder, rote Schrift auf weißem Grund, darunter ein florales Ornament. Vor jedem Halt ertönte die elektrische Klingel, es war viel Betrieb. Männer und Frauen stiegen zu und nahmen Umsteigemarken vom Fahrer entgegen. An den Ausweichen mussten sie warten, bis der entgegenkommende Triebwagen die Stelle passiert hatte. Ein umgekippter Handkarren versperrte den Weg, unzählige Kohlköpfe lagen auf den Schienen.

»Jetzt rollen in der Heimat auch schon die Köpfe«, rief einer der Passagiere dem Marktschreier zu, der hastig seine Ware einsammelte. Die Männer im Wagen lachten verhalten, während die Damen schwiegen. Helene wandte den Kopf ab. Sie hatte gehört, wie es klingt, wenn ein Schädel bricht. Sie wusste, was es brauchte, um einen kräftigen Mann zum Umfallen zu bringen. Wie ein schwerer Kohl hatte Hans' Kopf zwischen seinen Schultern gehangen, als sie ihn mit Magda ins Schilf gezerrt hatte. Sie atmete auf, als der Triebwagen seine Fahrt fortsetzen konnte und den Marktschreier mit dem Karren überholte.

Als die Häuser an der Trasse immer größer wurden, wusste Helene, dass es nicht mehr weit sein konnte. Großzügige Vorgärten erstreckten sich am flachen Hang, unterhalb der Villen, die Helene noch nie aus der Nähe gesehen, geschweige denn betreten hatte. Sie betätigte zweimal die Klingel, stellte die noch im Aufwachen begriffene Sophie auf die Füße und schob sie zum Ausstieg. Ein freundlicher Herr auf der Straße nahm sie entgegen und reichte auch Helene eine Hand. Doch sie winkte ab, hielt sich am kühlen Metall der Haltestange fest, raffte ihre Röcke und bewältigte die Stufen allein. Sophie lächelte den Mann, der sie hielt, schläfrig an. Der fremde Herr hatte Ähnlichkeit mit Rudolf, und Sophie ließ sich in ihrer Müdigkeit täuschen.

»Dolf«, sagte sie freudig.

Der Mann setzte sie auf dem Gehweg ab und eilte zurück auf die Straße, um den Zustieg nicht zu verpassen. Helene ignorierte, dass er von der Plattform des Triebwagens mit dem Hut zum Abschied grüßte.

Das Haus Ravenstedt lag am oberen Ende des Hangs und blickte über die deutlich kleineren, tiefer liegenden Villen. Zwei Türmchen mit Fachwerk zierten das Dach, ein Wintergarten lag auf der Sonnenseite des Hauses. Nur langsam gelang der Aufstieg mit Sophie, die, noch nicht richtig wach, an Helenes Hand quengelte und sich ziehen ließ. Die Straße führte geradewegs auf die Villa und den verschwenderisch großen Vorgarten zu. Einen kurzen Augenblick zögerte Helene, überlegte, ob der ganzen Pracht umzukehren, sich nicht die Blöße zu geben, in einem alten Kleid zum Fototermin in einem solchen Hause zu erscheinen. Doch mit jedem mühsamen Schritt den Berg hinauf verblasste der erste Eindruck, den die Villa auf sie gemacht hatte. Helene fielen die ungeputzten, milchigen Fensterscheiben im oberen Geschoss auf, die, anders als bei den Villen entlang der Straße, das Sonnenlicht nicht reflektierten. Die Glaswände des Wintergartens waren von innen beschlagen. Rinnsale von Wasser hatten kalkige Streifen hinterlassen, dahinter waren hohe Pflanzen zu erahnen, bräunlich und schlaff. Helene konnte eine Palme und mehrere Kakteen erahnen.

Sie betätigte die Klingel. Es dauerte lange, bis jemand öffnete.

»Was wollen Sie?«, fragte der junge Mann, der Helene halbgesichtig durch einen schmalen Türspalt betrachtete.

»Heinrich Ravenstedt?«, vergewisserte sie sich.

Der Mann nickte.

»Rudolf Klockenbusch war bei Ihnen, um Bilder machen zu lassen. Das machen Sie doch? Bilder meine ich.«

Der junge Mann nickte. »Entschuldigen Sie die Frage. Aber wie wollen Sie mich bezahlen?« Einäugig musterte er sie.

»Rudolf sagte, dass Sie auch ohne Geld arbeiten.«

»Was haben Sie mitgebracht? Zeigen Sie es mir«, sagte er barsch.

Helene ließ Sophies Hand los, stellte die Tasche ab und zog eines der Gläser heraus. Die Kirschen leuchteten in der Sonne.

»Wie viele?«

»Sechs von diesen Gläsern.«

Der junge Mann nickte, verschwand und ließ den Spalt hinter sich offen.. Helene verstaute das Einmachglas in ihrer Tasche, griff nach Sophies Hand und betrat zögerlich mit ihr den Eingangsbereich. Hinter der Tür öffnete sich eine Halle mit Freitreppe, rechts und links führten Flure ins Ungewisse.

»Wo sind Sie?«, rief Helene, hörte den Nachhall ihrer eigenen Stimme wie beim Gesang in der Kirche und erschrak.

»Kommen Sie«, ertönte Heinrichs Stimme von oben her.

Mit Sophie an der Hand stieg sie die breite Treppe hinauf, als plötzlich ein Tier um die Ecke des oberen Geländers schlidderte. Helene erschrak und riss

Sophie an sich. Es war ein kleiner Affe mit einem roten Halsband. Als wären sie nicht da, setzte er sein Toben durch die Halle fort, indem er auf Händen und Füßen die Treppe hinuntersprang, wobei die rote Leine, die er hinter sich herzog, über jede Stufe sprang wie eine geschwungene Peitsche. Mit wilden Seitwärtssprüngen verschwand er in einem der Flure.

»Lassen Sie sich von ihm nicht erschrecken«, hörte Helene die hallende Stimme. Heinrich stand am oberen Treppengeländer und sah auf sie herab. Das Auge, das er hinter der Tür verborgen hatte, war so milchig wie die Fenster des Hauses.

»Kommen Sie, es ist alles fertig.«

Er führte sie in das Atelier. Linkisch wies er Helene einen Platz am Fenster und holte einen Stuhl, auf den Sophie sich stellen sollte. Helene legte ihre Tasche ab und richtete ihrer Tochter das von der Fahrt noch plattgelegene Haar. Sophie schüttelte den Kopf und entzog sich ihr.

»Hier?«, fragte Helene.

Heinrich nickte.

»Jetzt nicht mehr bewegen.« Der junge Mann verschwand hinter der Kamera unter einem Tuch.

Helene, die in seine Richtung sah, betrachtete die Flicken auf seiner Hose und bemerkte seine Magerkeit. Sie hielt die kleine Sophie, die seitlich vor ihr auf dem Stuhl stand, an den Händen, sie verharrte in ihrer Position, und der Moment wurde zur Ewigkeit. Es war, als wäre nicht nur hier, sondern auch draußen vor den matten Fenstern der Villa das Leben angehalten worden. Und dieser ersehnte Stillstand um sie herum brachte sie auf den Gedanken, man könnte die Zeit nicht nur anhalten, sondern auch zurückdrehen, man könnte die Menschen rückwärtslaufen lassen, den Triebwagen rückwärtssteuern, ihr Haus vom obersten Dachziegel an abbauen, bis nur noch die Grundmauern dastünden. Dann würde Wilhelm die Tür zum Atelier öffnen, sich dafür entschuldigen, dass er sich verspätet hatte, und sich für die Aufnahme zu ihnen stellen.

Und als wäre ihr Wunsch erhört worden, tat sich die Tür einen Spalt breit auf, und der Affe hüpfte rückwärts in den Raum, zerrte an der Leine, die sich an einem Nagel in den Dielen verfangen hatte, kam frei und sprang auf die Fensterbank. Und in diesem Augenblick blitzte es.

»Das war es schon«, sagte Heinrich.

Helene nickte. Sie ließ Sophie auf den Boden gleiten. Sofort rannte sie los, um dem Affen zu folgen, der im Zimmer auf und ab sprang und sich schließlich in sicherer Entfernung von dem Kind auf einer Vitrine niederließ.

»Einen Augenblick bitte.« Heinrich verschwand hinter einer Tapetentür in einem dunklen Raum.

Sophie kiekste und lief aufgeregt zwischen dem Tier und Helene hin und her.

»Er ist lustig«, sagte Helene und lächelte sie an.

Und in diesem Moment klammerte sich Sophie an

ihre Beine, suchte Schutz in der Aufregung, bei ihr. Helene spürte die kleinen Arme durch ihre Röcke, in einer Mischung aus Freude und Angst hielt Sophie sich an ihr fest. Helene stockte der Atem ob der unerwarteten Heftigkeit ihrer Zuneigung. Dann fing sie sich, beugte sich zu ihr, Sophie streckte ihr die Arme entgegen und ließ sich hochnehmen.

»Hund.« Sophie zeigte mutig in die Richtung des Tiers.

»Affe«, sagte Helene. »Af-fe.«

Helene ging näher heran, und Sophie vergrub, vom eigenen Mut überfordert, den Kopf an ihrem Hals.

»Er tut nichts«, sagte Helene und drehte sich so, dass Sophie das Tier über ihre Schulter ansehen konnte.

Sophie lachte, als der Affe anfing, sich zu putzen. Das Lachen der eigenen Tochter, das merkte Helene nun, war ihr ganz fremd. Sie überlegte, wie Sophies Kindheit ohne den Krieg ausgesehen hätte. Ohne den Krieg wäre Wilhelm noch da und würde abends Hoppe Reiter mit ihr spielen, und wahrscheinlich hätte sie schon ein Geschwisterchen. Helene wusste nicht, ob das Kind, das Agnes ihr genommen hatte, ein Junge oder ein Mädchen geworden wäre. Sie war froh, dass sie nie erfahren hatte, was sie nun vermissen musste. Wilhelm hätte sich einen Jungen gewünscht und einen Bruder für Sophie. Nun war nur noch der alte Fritz da, der ab und zu Späße mit ihr machte. Abends spielte er für Sophie Geige, doch seine Lieder waren trauriger geworden, seit seine Kräfte schwanden. Hochheben konnte er sie längst nicht mehr.

Der Affe sprang von der Vitrine auf den Boden, lief auf allen vieren quer durch den Raum und nahm anschließend einen sicheren Platz auf dem Fensterbrett ein. Sophie lachte und ließ sich absetzen, um ihm ans Fenster zu folgen. Gespannt sah sie zu ihm hinauf.

Helene stellte die Einmachgläser auf einen Teewagen und sah sich um. An den Wänden des Ateliers hingen Aufnahmen der Stadt. Eine davon war aus so großer Höhe aufgenommen, dass sie sich nicht erklären konnte, wie der Fotograf das angestellt haben sollte. Die Menschen zwischen den Häusern sahen aus wie Läuse auf der Kopfhaut eines Kindes. Eine Fotografie direkt daneben zeigte vier Männer im Korb eines Heißluftballons, der von Sandsäcken am Boden gehalten wurde. Ein anderes Foto zeigte eine Straßenansicht mit Schienen und einem Triebwagen mit Fahrgästen. Gerade, als sie näher an das Bild herantrat, öffnete sich die Tapetentür. Ertappt fuhr sie zurück.

»Die hat mein Vater gemacht«, sagte Heinrich. »Leonhard Ravenstedt.« Er zeigte auf eine weitere Fotografie, auf der die Angestellten des Ateliers mit Kameras abgebildet waren. Auch den jungen Mann erkannte Helene.

»Wo sind sie alle?«, fragte sie vorsichtig.

»Westfront«, erwiderte er, als handelte es sich um einen Badeort. »Und die meisten werden wohl dort bleiben.«

»Ihr Vater auch?«

»Ist in Ostende geblieben.«

Helene nickte.

»Und Ihre Mutter?«

»Der Typhus hat sie mitgenommen.«

»Wer kocht für Sie?«

Heinrich lachte bitter und wies mit der flachen Hand auf den Teewagen.

»Die Kundschaft.« Das eine Auge lag bewegungslos in seinem Kopf, während das andere sie suchte.

Helene konnte ihn nicht länger ansehen und betrachtete das Bild mit der Straßenbahn.

»Sie interessieren sich für die Fotografie? Ich kann sie Ihnen verkaufen.«

Helene winkte ab. »Etwas stimmt nicht mit dem Bild.«

»So?«, erwiderte er, schmunzelte und verschränkte die Arme vor der Brust.

»Der Triebwagen sieht anders aus. Es handelt sich um eine hiesige Straße, aber die Straßenbahn ist keine, die bei uns fährt.«

»Eine Frau mit technischem Verständnis. Sie sind einem Betrug auf die Schliche gekommen.«

»Aber warum?«, fragte Helene.

»Die Stadt wollte vor dem Bau Werbung für die Straßenbahn machen und hat meinen Vater beauftragt, den Triebwagen einer anderen Stadt mit den dazugehörigen Schienen in das Bild zu retuschieren.«

»Es ist eine Fälschung?«

»Montage sagen wir dazu.«

Helene betrachtete die Fahrgäste, die in einer anderen Stadt zugestiegen waren, als sie nun vermeintlich wieder ausstiegen.

»Können Sie das auch?«

Er nickte.

»Mit jedem Bild?«

»Nahezu jedem. Einige Rahmenbedingungen müssen stimmen: der Lichteinfall, die Perspektive.« Heinrich legte den Kopf schräg, als wittere er ein gutes Geschäft.

»Rudolf hat erzählt, Ihr Mann sei ebenfalls in Ostende geblieben.«

Helene sah zu Sophie hinüber, doch sie hörte nicht zu, war ganz mit dem Äffchen beschäftigt.

»Gefallen ist er, sagen Sie es ruhig: Er ist tot«, sagte Helene.

»Haben Sie ein Bild von ihm?«

Sie nickte.

»Bringen Sie es mir. Und ein Huhn. Rudolf sagte, dass Sie Hühner haben. Ich werde sehen, was ich machen kann.«

Liebe Helene,

in diesem Krieg gibt es Feiglinge und Deserteure nur deshalb, weil sie dazu gemacht werden. Wer ein Leben in Unmenschlichkeit ertragen kann, ist in Wahrheit der Unmensch. Ich sehe mich selbst in der Hölle, in Zukunft und am heutigen Tage. Von fünf Freunden, mit denen ich in den Krieg zog, ist mir nur einer geblieben. Wir sprechen nicht mehr miteinander, weil wir uns unserer selbst schämen. Der eine ist der Zeuge dessen, was der andere getan hat. Sollte ich jemals heimkommen, wird keine Freundschaft mehr möglich sein.

Franz

SIE FÜHLTE SICH entsetzlich. Und dieses Gefühl nährte ihre Zweifel. So war sie nie gewesen, wollte sie nicht sein. Nie hatte sie eine Sorge daran verschwendet, jemanden zu verletzen. Nur selten hatte jemand sie geschützt, war ihr gegenüber verbindlich gewesen und hatte sie als einzig bezeichnet. Und wenn, dann nur, um sie im Nachhinein aus umso größerer Höhe fallen zu lassen. Sie duschte hockend in der Wanne, seifte sich den Kopf ein und wusch den Schaum mit nur einer Hand aus, weil die Halterung der Dusche kaputt war. Auch der Duschvorhang fehlte.

Linus lag auf einem Handtuch auf den Fliesen, zappelte mit den nackten Beinen und drehte den Kopf nach seiner Mutter, vielleicht auch nur nach dem Plätschern. Seine Gegenwart machte das hier zu etwas Unerhörtem. Svea wusch sich für einen anderen. Wusch sich gründlich, schminkte sich, föhnte trotz der Hitze die Haare. Dabei war Linus ihr schlechtes Gewissen. Und diese Tatsache zeigte ihr eine innere Veränderung an. Eine, nach der sie noch nicht bereit war zu handeln.

»Hallo«, Mark klang alles andere als vorsichtig. Er stand umringt von Postkartenständern im Schatten unter dem Vordach. Über ihm der Schriftzug Zoo.

»Eigentlich ist er noch zu klein für so was«, sagte

Svea und sah an ihm vorbei, hin zu den Plüschtieren im Schaufenster des Kiosks.

»Macht nichts«, sagte Mark, »ich gehe gern hierher.«

Er bezahlte, Familienpreis, und zeigte kein Anzeichen von Verlegenheit. Das Gelände lag an diesem Vormittag verlassen da. Viele Tiere hatten sich verkrochen oder liefen apathisch im Schatten umher. Im Affengehege lag unangetastetes Futter, zwei Schimpansen saßen im Wasserbassin und kühlten sich ab.

Mark wollte den Kinderwagen schieben, doch Svea winkte ab.

»Geht schon.«

Er bedeutete ihr mit einem Nicken, in welche Richtung sie gingen, und lotste sie zu einer überdachten Terrasse vor dem Bärengehege. Eine Gruppe von drei Müttern saß um einen der Tische. Die Kinder, zwei Jungen von etwa sechs Jahren und ein kleineres Mädchen, drehten händisch ein Karussell, das eigentlich mit Münzen betrieben wurde. Svea sah weg, als die Frauen sich zu ihnen umdrehten. Mark kaufte Eis am Kiosk und Wasser in kleinen Plastikflaschen.

»Du kennst dich gut aus hier«, stellte Svea fest und nahm die Eiswaffel entgegen.

»Ich war oft hier«, sagte er, »mit meinen Kindern.« Mark biss in seine Eiskugel.

Im Hintergrund rief eine der Mütter nach den Kindern. Einer der beiden Jungen kam gelaufen und nahm eine Münze für das Karussell entgegen.

»Du hast Kinder?« Ihr Treffen erschien ihr plötzlich mehr als unangebracht.

»Zwei Jungs. Drei und fünf.«

»Und wo sind sie?«

»Leben bei ihrer Mutter.«

»Bist du dort, ich meine, wenn du nicht hier bist?«

Mark schüttelte den Kopf. Von dem Karussell drang eine mechanische Melodie zu ihnen herüber. Die beiden Jungen saßen in den Sitzschalen und fuhren im Kreis.

»Siehst du sie manchmal?«

»Das will die Mutter nicht.«

»Hallo«, sagte Mark, als plötzlich das kleine Mädchen neben ihm stand. Neugierig näherte es sich dem Kinderwagen, war jedoch zu klein, um hineinsehen zu können. Mark steckte sich den Rest der Waffel in den Mund, stand auf und hob das Mädchen hoch, damit es Linus ansehen konnte. Das Mädchen strahlte, als es das schlafende Baby sah. Behutsam setzte er es ab. Das Mädchen betrachtete ihn eine Weile, lächelte schüchtern und lief dann zurück zu seiner Mutter. Mark winkte in ihre Richtung, doch nur eine der Mütter winkte zurück.

Linus machte sich bemerkbar.

»Iss ruhig dein Eis«, sagte Mark. Er nahm das Kind aus dem Wagen. Linus blinzelte.

»Du bist gut darin«, sagte Svea.

»Kinder mögen mich«, erwiderte Mark und setzte sich mit Linus neben sie, »nur Frauen nicht.«

»Hm«, machte Svea. »Warum ist sie weg, deine Frau?«

»Wir sind nicht verheiratet. Wollten wir beide nicht. Vielleicht war das der Fehler.«

»Glaube ich nicht«, sagte Svea, ohne ihn anzusehen, und dachte an Annika.

»Sie ist nicht damit einverstanden, wie ich mein Geld verdiene.«

»Die Nachtschichten?«

Mark lachte. »Ja, auch.«

Sie sah ihn fragend an. Er hob Linus auf Brusthöhe und ließ ihn in der Luft schweben. Linus quietschte und kniff die Augen zusammen.

»Von den Nachtschichten kann man keine Familie ernähren.«

»Und was machst du sonst noch?«

Mark zog Linus an sich, und dieser schmiegte vertrauensvoll den Kopf an seine Schulter.

»Dies und das.«

»Will ich es wissen?«

Mark schmunzelte. Er sah Svea an, als wolle er prüfen, was er ihr zumuten konnte.

»Ich denke nicht«, sagte er und sah sich nach den Bären um, die im Schatten hinter den Felsen lagen.

SO SEHR HELENE in ihrer Erinnerung suchte, sie konnte diesen Augenblick nicht finden. Schwarz auf weiß hielt sie den Beweis in den Händen. Sie und Sophie und Wilhelm. In Gedanken fand sie sich selbst und auch Sophie, das Gefühl, ihre kleinen Hände zu halten. Sie erinnerte sich an den Anblick von Sophies Hinterkopf, an den plattgelegenen Wirbel, der davon erzählte, wie sie im Straßenbahnwagen geschlafen hatte. Doch der Platz neben ihr war leer. Hier auf dieser Fotografie jedoch stand Wilhelm neben ihr, schloss eine Lücke, die sie noch immer spürte. Sie strich über sein Abbild, als müsse sie ihn ertasten, um diese Ungeheuerlichkeit zu verstehen. Sie kannte das Bild, kannte seinen Gesichtsausdruck, erinnerte sich an den Augenblick, dem es entlehnt war. Heinrich hatte den Zylinder in Wilhelms Hand und das Sträußchen an seinem Revers wegretuschiert, hatte ihn, den Bräutigam, in der Zeit verschoben, hatte ihn ausgeschnitten und eingesetzt in Helenes heutiges Leben.

Und als würde gerade in Wilhelms Anwesenheit auf diesem Foto sein Tod endgültig manifest, ließ Helene los. Sie ließ ihren Wilhelm gehen. Helene sprach ein stilles Gebet und steckte das Bild, das nichts weiter als ein Trugbild war, in das Kuvert. Sie hoffte, dass Franz darin einen Trost finden würde.

Vielleicht konnte er sich selbst in dieses Bild hineindenken, konnte sich eine Zukunft ausmalen, eine nach dem Krieg, eine, die er vielleicht nicht mehr erleben würde. Umso wichtiger war es, den Brief so schnell wie möglich auf den Weg zu bringen, auf den Weg zu Franz, der doch kein Foto hatte, von nichts und niemandem.

Sie selbst hatte sich für die Stube einen großformatigen Abzug bestellt. Heinrich würde das Foto für sie rahmen lassen, darum hatte sie gebeten.

»Schwarzer Rahmen?«, hatte er vorsichtig gefragt.

»Ja«, hatte Helene geantwortet und die Hände vor dem Rock ineinandergelegt.

»Ich kann den Rahmenbauer bitten, etwas goldene Farbe am inneren Rand aufzutragen. Dann wirkt es nicht so traurig.«

Helene lächelte. »Das klingt hübsch.«

Sie hatte Heinrich Socken aus dem Frauenverein und ein weiteres Huhn versprochen. Für den Goldrand brachte sie ihm eine Tafel Schokolade, die sie einem der Pakete entnommen hatte. Mittlerweile erschien es ihr unbedeutend, wer sie bekam, brauchen konnte sie jeder gleichermaßen.

Helene faltete den Brief und steckte ihn zu dem Foto. Sie überlegte, ob sie ein paar erklärende Sätze dazuschreiben sollte. Doch die richtigen Worte wollten ihr nicht einfallen. Sie schloss das Kuvert und fand das Bild darin gut aufgehoben. Franz würde keinen

Unterschied ausmachen können. Er würde sie und ihren Mann zusammen sehen und das Bild zur Wahrheit werden lassen.

Auch den ersten Abzug hatte Heinrich ihr überlassen. Darauf fand Helene sich und Sophie anfangs erschreckend einsam ohne Wilhelm. Sie erinnerte sich an Sophies Lachen an jenem Tag. Helene betrachtete sich selbst und fand ungeahnt Trost in diesem Anblick. Sie hielt Sophies kleine Hände, als wollte sie mit ihr tanzen. Sophies Gesichtsausdruck verstärkte den Eindruck, dass es sich um einen fröhlichen Moment handelte. Auf dem Foto wirkten sie und Sophie auf eine überraschende Weise vertraut und innig miteinander. Die Härte der Arbeit hatte sie blind gemacht gegenüber ihrem kleinen Mädchen. Dabei sehnte Sophie sich nach ihr, das wurde Helene plötzlich klar. Sophies kleine Hände lagen auf dem Bild entspannt in ihren. Es war ein Moment für die Ewigkeit. Sie würde bis in alle Zeit Sophies Hände halten, auch wenn sie selbst nicht mehr da war. Und bis dahin würde sie durchhalten, für Sophie.

SVEA LAG AUF der Seite, berührte seine kleine Hand. Und mit einem Mal war sie nicht mehr sicher, wer sich hier an wem festhielt, wer von ihnen beiden den anderen stärker brauchte. Ohne die Augen zu öffnen, umschloss Linus ihren Zeigefinger und hielt ihn gefangen. Svea genoss die Ablenkung, die Hinwendung, die Linus im Halbschlaf einforderte. Sie schob die freie Hand unter den Kopf und ließ sich in das Kissen sinken, bis sie sein kleines Gesicht nicht mehr sehen konnte. Nur seine winzige Hand ragte nach oben und zwischen den Stäben des Kinderbettchens empor, berührte und hielt sie, nicht fest, aber bestimmt. Und sein Bedürfnis nach Nähe half ihr, nicht in Tränen auszubrechen, sich nicht diese Blöße zu geben. Nicht vor ihm.

»Geht es dir gut?«, fragte Mark, der hinter ihr lag.

Svea nickte, ohne zu antworten, in das Kissen. Und erst, als er ihr mit Zeige- und Mittelfinger eine Strähne aus dem verschwitzten Nacken strich, als wäre er nicht befugt, die ganze Hand zu benutzen, machte ein neuerlicher Schauer sie weich. Sie entzog Linus den Finger, doch seine Hand blieb offen, als würde er warten, bis Svea wieder bereit war.

Bereit war sie. Bereit, unter der erneuten Liebkosung Mark in die Augen zu sehen. Die graublauen Augen, die sie bei dem, was gerade passiert war, gemieden hatte, weil sie darin sich selbst vermutete. Sie war ihnen ausgewichen, hatte die Lider geschlossen und sich in seine Umklammerung begeben. Svea zupfte an ihrem zu kurzen Unterhemd, zog es bis knapp über die nackten Hüften. Dann erst ließ sie sich auf den Rücken sinken und sah ihn an.

Er zeichnete eine Linie von ihrem Hals über die nackte Schulter und die Armbeuge bis hin zu ihrem Handgelenk. Dort tippte er auf eine kleine Narbe.

Svea lächelte. »Von einem Streit mit meiner Schwester.«

»Einem blutigen?« Mark zog in gespielter Angst die Augenbrauen hoch.

»Dem einzigen blutigen«, sagte Svea und zuckte mit den Schultern.

»Sieht aus wie ein kleiner Käfer. Man sieht die Stiche vom Nähen.« Mit dem Zeigefinger streichelte er dem Käfer den Rücken und zeichnete seine sechs Beine nach. »Drei Stiche, das muss ein ziemlich heftiger Streit gewesen sein. Wie alt wart ihr da?«

Svea sah an die Deckenvertäfelung und zählte rückwärts. »Ich zehn und sie vier.«

»Du bist die Stärkere und trägst eine Narbe davon?«

»Du hast ihre Narbe noch nicht gesehen.«

Mark schaute sie groß an und schüttelte den Kopf. Svea entwand ihm ihre Hand und begrub den Käfer unter der Bettdecke.

»Nichts gegen die Narbe, die Edith hat.«

»Stimmt«, sagte Mark.

»Hat Edith dir je erzählt, woher sie sie hat?«, fragte Svea zögerlich.

»Aus dem Schwimmbad. Am Fluss.«

»Ja, das hat sie gesagt.«

»Sie hat mir dort das Schwimmen beigebracht. Und den Köpper. Auf dem Steg hat sie mich festgehalten und mir Anweisungen gegeben, wie ich die Arme zu halten hatte.«

»Hast du sie je springen sehen?«

Mark sah an die Decke. »Kann mich nicht erinnern. Warum?«

Linus zuckte im Schlaf und ließ den Arm sinken.

»Nicht wichtig«, sagte Svea.

Mark legte seine flache Hand auf ihren Bauch. Und als gelte es, ihn zu lesen, suchte Svea seinen Arm nach Zeichen ab. Nach Warnhinweisen vielleicht. Sie fand eine Gruppierung von fünf Muttermalen, die sie an den Großen Wagen erinnerte, und eine verwaschene Tätowierung am Oberarm. Sie tippte auf den blassen Löwenkopf und zog den Finger zurück, als könnte er sie beißen.

»Aus meiner wilden Zeit«, sagte Mark entschuldigend.

»Und diese Zeit, jetzt, ist nicht mehr wild?«

Mark lächelte. »Nicht so wie früher.«

»Warum nicht?«, wollte Svea wissen.

Der Löwe hob und senkte sich, als Mark mit den Schultern zuckte.

»Ich muss Geld verdienen, für meine Kinder. Das hat vieles verändert.« Mark mied Sveas Blick und zögerte. »Ich werde Ediths Grundstück verkaufen.«

»Wer kauft ein so altes Haus?«

»Es wird abgerissen«, sagte er.

Svea setzte sich auf und rückte ein Stück von ihm ab. »Damit ist Edith einverstanden?«

»Sie weiß es nicht.« Mark verschränkte die Arme vor der nackten Brust. »Sie wollte mir das Grundstück überschreiben, ich habe nicht darum gebeten.«

»Damit du dich darum kümmerst. Damit du das Haus erhältst«, erwiderte Svea vorwurfsvoll.

»Was hat sie sich dabei gedacht? Dass ich ein neues Tanzlokal eröffne? Oder eine Gastwirtschaft?«

»Sie würde einem Abriss nicht zustimmen, da bin ich mir sicher.« Svea suchte in seinem Blick nach einem Zweifel, nach irgendeinem Anzeichen dafür, dass seine Entscheidung noch nicht endgültig feststand. »Ich wollte sie besuchen. Was soll ich ihr da sagen?«

Mark sah sie eindringlich an. »Nichts.«

Svea suchte einen Ausweg, wollte das Gespräch beenden. »Wenn Linus aufwacht, muss ich ihn stillen.«

Sie wandte sich ihm zu, doch Linus schlief tief und fest.

Hinter ihr schlug Mark die Decke beiseite, stand auf und zog sich langsam an. »Ich will eine Weile weg.«

»Was soll das heißen?«, fragte Svea, ohne sich umzudrehen.

»Ein paar Monate, vielleicht länger.«

»Aber was ist mit Edith?«

Mark schien zu überlegen, was er Svea sagen sollte. Sein Schweigen zwang sie, sich umzudrehen. Mit den Händen in den Taschen seiner Jeans stand er vor dem Bett.

»Und die Arbeit in der Papierfabrik?«

»Ich habe gekündigt.«

»Du willst zu deinen Kindern?«

Mark schüttelte den Kopf.

»Wohin dann?«

»Ich werde einen Freund besuchen.«

»Wo?«, wollte sie wissen.

Doch Mark reagierte nicht auf ihre Frage.

Mit nacktem Unterleib saß Svea zwischen zerwühlten Decken. Was sie erwartet hatte, war ihr selbst nicht mehr klar. Sie zog die Beine an und umschlang sie mit den Armen.

»Was hast du dir hierbei gedacht?«, fragte sie leise.

»Wir wissen beide, dass Christian bald wieder da ist.« Seine Stimme klang weich, so als müsste er sich den Umständen geschlagen geben.

»Und das hier? Was war das?«

»War das irgendetwas?« Mark sah sie fordernd an. »Wenn das so ist, dann sag es.«

»Und dann?«

»Dann kommt ihr mit mir. Du und Linus.«

Svea vergrub das Gesicht zwischen den nackten Knien. Indem sie seine Hand abwehrte, ließ sie den Käfer einen Halbkreis über dem Bett fliegen.

Guter Franz,

wenn ich Sie um etwas bitten darf, dann darum, wieder zu dem Menschen zu werden, der Sie einmal waren. Erinnern Sie sich an sich und an die Ihren. Und wenn Ihnen in der Heimat niemand geblieben ist, dann erinnern Sie sich an mich. Gehen Sie.

Kommen Sie heil zurück. Kommen Sie zurück zu mir.

Ihre Helene

FRITZ WANKTE DURCH das Haus, als hätte er getrunken. Im Stall bei den Hühnern brach er dann zusammen, und eines der Kinder fand ihn. Marie und Helene trugen ihn gemeinsam ins Haus und legten ihn in sein Bett. Er hatte hohes Fieber und war trotz kalter Wickel nicht ansprechbar. Helene ahnte, dass er den Typhus hatte, der von den Musküchen und Armenspeisungen aus um sich griff.

»Wird er es schaffen?« Gerlinde stand in der Tür und beobachtete, wie Helene ihm feuchte Tücher um die Wade wickelte.

»Dich kriegen wir schon wieder hin.« Helene tätschelte ihm das heile Bein, als wäre er ein lahmendes Pferd. Dann stand sie auf, schob Gerlinde in den Flur und schloss die Tür hinter sich.

»Er ist der letzte Mann im Haus. Ich meine wirklich, wird er es schaffen?« Gerlinde sah sie voller Sorge an. Seit Rudolf weg war, hatten die Plünderungen zugenommen. Sie schluchzte, fing sich aber wieder. »Wenn er doch nur etwas essen würde.«

»Er wird wieder werden.« Helene ging in die Küche und wusch sich die Hände in der Waschschüssel.

Gerlinde folgte ihr. Ratlos stand sie da. »Gott hat uns verlassen«, sagte sie leise.

»Sag so was nicht.« Helene trocknete sich die Hände.

»Ist doch wahr. Gestern habe ich in der Stadt nach Brot angestanden. Und weißt du, was da an mir vorbeifährt? Der Glaube, der Glaube wurde aus der Stadt gefahren.« Gerlindes Stimme zitterte.

Helene sah sie prüfend an.

»Ich stehe in der Schlange, und ein Fuhrwerk kommt vorbei. Darauf die drei Glocken der Marktkirche. Jede einzelne so groß wie die Kutschpferde. Vorneweg zwei Männer, die die Pferde führen, weil auf dem Wagen kein Platz mehr für sie ist. Und die Räder knarren unter der Last.«

»Wo haben sie die Glocken hingebracht?«, wollte Helene wissen.

»Genau das frage ich die Frau vor mir in der Schlange. Und die Frau hinter mir antwortet: *Ins Stahlwerk*. Und dann wird mir klar, die schmelzen die Glocken ein. Die schmelzen sie ein und machen Granaten daraus. Die Glocken werden zu Geschossen, stell dir das vor. Es ist der Glaube, der all die Männer tötet, der Glaube.« Gerlinde schüttelte den Kopf, als wäre alles bereits verloren.

Nichts war mehr heilig. Magda und die anderen Fremdarbeiter würden die Glocken in Empfang nehmen. Sie würden sie behandeln wie jede andere Materiallieferung.

Gerlinde seufzte und sah zu Boden, als hätte sie Helenes Gedanken gelesen.

»Und wie ich da so anstehe und darüber nachdenke und wir alle dem Wagen nachschauen, wird mir ganz übel, und die Frau vor mir stützt mich, damit ich überhaupt noch mein Brot bekomme. Und als das Fuhrwerk nicht mehr zu sehen ist, erzählt eine Frau weiter hinten aus der Schlange, dass sie eine Leiche gefunden haben.«

Helene sah sie erschrocken an.

»Und eine andere Frau ruft: *Eine? Na ja*, sagt die Erste, *dieser Mann wurde ermordet, der ist nicht verhungert oder gefallen*. Als ob all das Sterben nicht schon genug wäre.«

»Wer ist es?« Helene rang um Fassung. Und mit einem Mal waren die Bilder wieder da, die sie in die Nacht und in ihre Albträume verbannt zu haben glaubte. Magdas Hände an einem Stein und ein Männerkörper im Schilf.

Gerlinde trat zu ihr, wie um sie zu trösten.

»Der Hans«, sagte sie geradezu behutsam.

Helene schlug sich die Hand vor den Mund. Dabei galt ihre Bestürzung Magda, nicht dem toten Hans.

»Den Schädel haben sie dem armen Kerl eingeschlagen, nicht weit von hier am Mühlenteich.«

Helene spürte eine Übelkeit aufsteigen. Nackt hatte sie am Palmsonntag über dem blutenden Hans gestanden. Es hatte einen Augenblick gebraucht, bis sie erleichtert erkannt hatte, dass er nicht wieder aufstehen, nicht erneut nach ihr greifen würde. Doch sofort nach dieser Erkenntnis war die Erschütterung darüber gekommen, dass er nie wieder aufstehen würde, nicht jetzt und nicht am folgenden Tage. Und

Magda hatte sie angeschrien, ihr Anweisungen gegeben. Helene hatte genickt wie ein Befehlsempfänger, hatte sich gefühlt wie die Soldaten auf dem Feld sich fühlen mussten.

»Nichts ist mehr sicher, nichts.« Gerlinde wischte sich über die Augen, straffte den Rücken und legte zwei kleine Laibe Brot auf den Küchentisch. »Und das Brot ist voller Sägemehl. Bauchkrämpfe bekommt man davon.«

Helene setzte sich an den Küchentisch und beobachtete, wie Gerlinde die spärlichen Lebensmittel verstaute. Bei den Essensübergaben im Wald war Magda seit dem Sonntag am See wortkarg und abwesend. Sie blieb stets auf ihrer Seite des Zauns, erlaubte sich keine Ausflüge mehr und mied Helenes Blick, wenn diese durch das Gitter nach ihrer Hand griff.

»Weiß man, wer es gewesen ist?«, fragte Helene schließlich.

»Die Bäcker strecken jetzt ihr Brot, weil es sonst nicht für alle reicht.« Geradezu harmlos sah Gerlinde sie an.

»Nein«, Helene betrachtete die eigenen spröden Hände auf dem Küchentisch, jene Hände, mit denen sie Hans ins hohe Schilf gezerrt hatte. Gemeinsam hatten sie seinen leblosen Körper mit Steinen beschwert, damit er unterhalb der Wasserlinie blieb. Über ein gutes Versteck, einen richtigen Plan hatte selbst Magda in diesem Augenblick nicht nachdenken können.

»Ich meine die Sache am Mühlenteich«, schob Helene nach.

Gerlinde nickte zerstreut. »Sie haben einen Ausweis gefunden. Ein Zwangsarbeiter vermutlich. Die Schrift ganz unleserlich. Nur das Bild war noch zu erkennen.«

»Sie suchen einen Mann?«

»Natürlich«, Gerlinde sah sie fragend an, »soll denn eine Frau ihm den Schädel eingeschlagen haben?«

Helene rannte durch den Wald.

»Sie suchen uns.« Sie rang nach Luft und griff mit beiden Händen in den Zaun, um sich abzustützen.

»Dich suchen sie nicht. Sie suchen einen Fremdarbeiter.« Magda verschränkte die Arme vor der Brust.

»Woher weißt du das?«

»Gestern waren sie hier und haben den Männern befohlen, sich in Reihen aufzustellen. Mitgenommen haben sie keinen.«

»Sie werden wiederkommen.« Helene wusste, dass es nur eine Frage der Zeit war, bis sie auf Magda kommen würden. Fast jeder Mann im Stahlwerk kannte sie, kannte ihre jungenhafte Gestalt.

»Dann werde ich hier sein.«

»Das lasse ich nicht zu.«

»Was willst du machen? Du stehst auf der anderen Seite des Zauns und willst mich beschützen?«

»Komm rüber«, bat Helene.

»Komm du rüber, und bring alle um, die mich suchen. Und wenn du glaubst, dass du alle hast, wird einer kommen, den du vergessen hast, und dann noch einer und noch einer. Was meinst du, wie viele Nächte ich mir das ausgemalt habe. *Den bringe ich um, und den auch und dann den und den, und den auch noch.*«

Helene schluchzte.

»Aber das hat kein Ende«, sagte Magda, löste die Arme und umfasste Helenes Hände, die sich noch immer am Zaun festhielten. »Die einzige Gewissheit ist, dass immer einer übrigbleibt.«

Helene wollte sie in Sicherheit wissen, wollte, dass sie mit ihr kam und für immer bei ihr blieb. Sie und alle anderen würden den Tod von Hans vergessen, wenn er erst begraben war. Die Dinge, die fern von hier an der Front passierten, waren so viel schwerwiegender. »Komm rüber, ich kann dich verstecken.«

»Und dann?«

»Der Krieg wird irgendwann enden.«

»Dann bin ich noch immer der Feind. Und eine Hure dazu.« Magda stieß sich vom Zaun ab.

»Ich brauche dich«, rief Helene flehend.

»Wozu brauchst du mich? Um dir zu beweisen, dass du noch ein Mensch bist? Dass du noch nicht bist wie all die anderen? Du fütterst mich wie dein Vieh. Ich bin nicht deinesgleichen.«

»Doch, das bist du. Wir stehen auf derselben Seite. Es gibt nur uns.«

Magda schüttelte den Kopf. »Wir haben nichts gemeinsam, außer einer schrecklichen Angst.«

»Du hast keine Angst«, Helene zitterte, ihre Stimme brach, »du hast nie Angst, vor nichts und niemandem.«

»Das wünschst du dir bloß.«

»Du lügst, du lügst mich an. Von dir habe ich gelernt, keine Angst zu haben. Und jetzt soll das alles eine Lüge sein?«

Von den Baracken her drangen Stimmen zu ihnen herüber. Magda sah sich um. Frauen liefen aufgeregt umher. Ein Fuhrwerk hielt in der Menge, und mehrere uniformierte Männer stiegen ab.

»Weißt du, was meine größte Angst ist? Wovor ich mir regelrecht in die Hosen mache? Wenn ich nur daran denke, versagen mir die Knie. Weißt du, was das ist?« Magda sah sich um.

Helene schluchzte und schüttelte den Kopf. »Sag es mir.«

»Ich laufe durch den Wald, das Stahlwerk und die Baracken im Rücken. Ich komme an den Zaun, und du bist nicht da. Du bist nicht da, und mein Magen bleibt leer.« Magda sah ihr in die Augen. »Du bist meine größte Angst. Alles andere ist nichts dagegen.«

Helene sackte auf die Knie, als hätte Magda auch sie mit einem Stein getroffen. Ihr Schluchzen mischte sich mit den lauter werdenden Stimmen im Hintergrund. Durch den Zaun sah sie, dass die Arbeiterinnen sich wie zum Appell aufstellten.

»Sieh nur«, wisperte Helene. »Sie wissen, dass es eine Frau gewesen ist.«

Und als ginge es bei alldem zum ersten, zum allerersten Mal um ihr Leben, kletterte Magda über den hohen Zaun, riss sich am offenen Draht eine tiefe Wunde am Bein und folgte Helene hinkend. Diese rannte voraus und hielt erst inne, als sie den Feldweg erreicht hatten.

»Die Sträucher am Feldrand stehen hoch genug. Wenn wir aufpassen, kommen wir ungesehen bis zum Hof.«

»Und dann?«

Helene hatte keine Antwort. Sie packte Magdas Hand und lief mit ihr über den ausgefahrenen Schotterweg, hinein ins lichte Gestrüpp. Dort verlangsamte sie, als wollte sie Zeit schinden, und ging stumm voraus.

»Du hast keine Ahnung, was du mit mir machen sollst, habe ich Recht?«

Helene sah sich nicht um.

»Bisher bin nur ich eine Mörderin«, sagte Magda.

»Ich war dabei. Wir tragen beide die Schuld.«

Magda blieb stehen und zwang Helene so, sich umzudrehen.

»Sie werden mich töten und dich gleich mit.«

Helene sah an ihr vorbei in die Ferne, wo die Zigarre weiße Wolken in den blauen Himmel entließ. Sie dachte an Wilhelm und daran, dass er vielleicht auf der Flucht getötet worden war. Dass er gerannt war, wie nun sie und Magda. Dass er Angst gehabt hatte wie nun sie beide. Und mit einem Mal hatte der Schuss von hinten, der ihn traf, etwas Befreiendes. Eine Kugel, der man nicht ins Auge sehen muss und die etwas beendet, was schon längst nicht mehr gut ist. Sie hatte einen Punkt erreicht, an dem sie auch den Schmerz nicht mehr fürchtete. Darum griff sie erneut nach Magdas Hand und lief mit ihr aufs offene Feld.

Die Zigarrenkiste lag dieser Tage nahezu verwaist in den Feldern. Die Kinder schickte Agnes schon am Morgen in die Stadt, um nach Lebensmitteln anzustehen. Gemeinsam mit Gerlinde kümmerte sie sich um den kranken Fritz, dessen Zustand sich allmählich besserte. Nur Maries leises Summen war ab und an zu hören, geradeso, als wollte sie sich alldem widersetzen.

Helene hatte Magda im fensterlosen Ziegenverschlag im Keller versteckt. Drei Wochen bangte sie nun schon darum, dass Agnes oder Gerlinde sie entdecken könnten. Immer wieder zweigte sie kleine Mengen gekochter Kartoffeln ab und füllte einen Eimer mit Wasser, den sie Magda in den Verschlag brachte. Wenn alle Bewohner in den Betten lagen und auch Sophie bereits schlief, schlich Helene sich manchmal zu ihr und leistete ihr in der Dunkelheit Gesellschaft. Im Schein der Kerze, die Helene dann mitbrachte, sah Magda von Tag zu Tag magerer aus.

»Es fällt auf, wenn ich mehr abzweige«, sagte Helene entschuldigend und gab ihr ein Stück Brot, das sie sich selbst vom Munde abgespart hatte.

»Es gibt viele, die weniger haben«, erwiderte Magda schwach.

Helenes Magen rumorte, als Magda den ersten Bissen nahm. Also teilte sie den trockenen Knust und gab Helene ein Stück zurück.

»Du musst schließlich arbeiten«, erklärte sie. »Ich kann mich hier sowieso kaum bewegen.«

»Ich würde dich rauslassen, tagsüber, wenn Agnes und Gerlinde in der Stadt sind.« Helene zögerte. »Aber wenn eines der Kinder dich sieht – sie sind so redselig.«

Magda machte eine wegwerfende Handbewegung, die die Flamme der Kerze flackern ließ. Seit der Flucht aus dem Lager hatte sie sich verändert, erschien Helene gleichgültiger und in der Enge des Verschlags mitunter lebensmüde. Helene litt mit ihr wie mit sich selbst.

»Ich kenne nicht mal deinen Nachnamen«, bemerkte Helene.

Erstaunt und wie aus dem Schlaf geholt richtete Magda sich auf. »Magdalena Igorewna Alexandrowa«, stellte sie sich vor und hielt ihr die Hand hin, als würden sie sich zum ersten Mal begegnen.

»Helene Potthoff«, sagte Helene, ergriff die ausgestreckte Hand und ließ sie erst wieder los, als Magda lächelte.

»Ein schöner Name«, bemerkte sie. Er half ihr dabei, sich Magda als die vorzustellen, die sie einmal gewesen war. Helene malte sich aus, was für ein Leben sie in Russland geführt hatte. Sie sah sie mit schönen Kleidern, mit langem Haar und einer Tasche für den Unterricht unter dem Arm. Magda hatte ihr erzählt, dass sie mit ihrem Mann regelmäßig das Theater besucht hatte. Und auch, wenn ihre Schilderungen Helenes Phantasie beflügelten, blieb Magdas einstige Welt ihr fremd. Helene kannte das Theatergebäude in ihrer Stadt nur, weil es auf dem Weg zum Marktplatz lag. Betreten hatte sie es nie.

»Wie lange willst du mich hier verstecken, Helene Potthoff?«, fragte Magda unvermittelt und verscheuchte jeden Gedanken an bessere Zeiten.

»Solange es nötig ist«, sagte Helene, auch wenn sie keine Vorstellung davon hatte, was das bedeutete.

Magda nickte, scheinbar beruhigt. Stumm kauten beide ihr Brot, und Helene fragte sich, ob in diesem Augenblick irgendwo an der Front vielleicht zwei Männer ihre letzten Vorräte miteinander teilten. Und die Dunkelheit des Kellers und die Nähe zwischen ihnen beiden machten es für sie leichter, eine Frage zu stellen, die Helene seit dem Tag von Hans' Tod beschäftigt hielt.

»Hast du im Krieg jemanden getötet?« Helene sah Magda nicht an.

Magda schluckte das zerkaute Brot und räusperte sich. »Willst du das wirklich wissen?«

Helene nickte schwach.

»Was glaubst du?« Magda sah sie forschend an.

»Dass du nicht anders konntest.«

»Ich konnte nicht anders«, wiederholte Magda.

»Das dachte ich mir. Du musstest kämpfen wie ein Mann.«

»Ich habe gekämpft wie eine Frau«, korrigierte Magda sie.

»Natürlich.« Helene biss ein Stück von ihrem Brot ab und kaute langsam.

»Wann hast du entschieden, deinem Mann in den Krieg zu folgen?«

»Ich bin ihm nicht gefolgt«, erwiderte Magda leise. »Ich bin ihm nie von der Seite gewichen.«

Helene nickte. »Aber zu welchem Zeitpunkt war dir klar, dass er vielleicht nicht zurückkehren würde?«

»Ich wusste es nicht, wollte es nicht wissen, wie so viele.«

»Warum bist du dann mit ihm gegangen?«

Magda suchte im Kerzenschein Helenes Blick. »Weil ich nicht allein zurückgelassen werden wollte.«

DIE LEINWAND HATTE sich nicht ausrollen lassen. Die Öse klemmte, und die beschichtete Stoffbahn war in ihrer Ummantelung verkantet, so dass sie sich selbst bremste. Svea saß auf einem Hocker im Dunkel des Kellers. Linus war in ihrem Arm eingeschlafen und zuckte nur ab und zu. Mit einer Hand betätigte Svea den Diaprojektor. Das Gerät warf Licht an die pockige Kellerwand. Svea schob den Schlitten mit den Bildern ein Stückchen nach vorne, damit der mechanische Schieber den ersten kleinen Kunststoffrahmen greifen konnte. Klackernd wurde ein Bild ins Innere des Geräts gezogen, und die Kellerwand zeigte Christian als kleinen Jungen. Er war vielleicht gerade so alt wie Linus, saß in einer Kunststoffwanne und wurde von der Hand einer Frau gehalten. Svea drückte den Knopf und sah sich das nächste Bild an. Christian als Baby auf der Schulter eines Mannes, der nur von hinten zu sehen war. Svea betrachtete das Foto eine Weile, dann ließ sie die nächsten vier in schneller Folge durchlaufen. Alle zeigten Christian. Immer stand er im Mittelpunkt, nie waren die Eltern zu sehen.

Das Gerät verschluckte sich bei jedem zweiten Bild. Svea rüttelte ungeduldig am Gehäuse.

Bei einem Foto, auf dem Christian vielleicht fünf Jahre alt war, stoppte sie. Er saß auf einer Schaukel im Garten, die es heute nicht mehr gab. Svea erkannte den Zaun und die noch deutlich kleinere Blutbuche im Hintergrund. Wieder war Christian im Fokus, wieder waren lediglich die Arme eines Erwachsenen, der dem Jungen Schwung gab, zu sehen. Svea ließ die Bilder in umgekehrter Reihenfolge erneut durchlaufen. Stets waren die Hände der Eltern abgebildet, schützende Hände, stützende Hände, helfende Hände.

Svea drehte sich um, rückte dabei Linus ein Stück weiter nach oben und griff nach dem nächsten Diakasten. Der offene Schrank war vom Boden bis zur niedrigen Kellerdecke mit Dias gefüllt. Svea konnte nur vermuten, dass sie größtenteils aus Christians Kindheit stammten. Jemand hatte sich die Mühe gemacht, etwas zu dokumentieren, etwas festzuhalten. Etwas, das gut war, gut gewesen war. Warum sonst machte man so viele Fotos. Auch von ihr selbst gab es Bilder dieser Art, unzählige. Bilder, die eine Stimmung spiegelten, die sie zwischenzeitlich vergessen hatte. Sie fragte sich, wann sie es zuletzt gehabt hatte, dieses Gefühl von Geborgenheit. Sie schloss die Augen und suchte in ihrer Erinnerung wie nach einem unauffindbar verlegten Gegenstand. Und zu ihrer eigenen Überraschung fand sie ihn, den Moment, an den Christians Bilder sie erinnerten.

Sie hatte auf dem Rücksitz des Wagens gesessen, ihr Vater war gefahren, und Ursel hatte auf dem Beifahrersitz gesessen. Sie musste gerade sechs Jahre alt gewesen sein, denn neben ihr lag Annika in einer Babytrage und schlief. Von den Eltern hatte sie nur die Hinterköpfe sehen können. Draußen regnete es, die Tropfen prasselten gegen die Autofenster, die von innen langsam beschlugen. Das Radio lief nicht, und niemand sagte ein Wort. Woher sie kamen oder wohin sie fahren wollten, sie wusste es nicht mehr, es erschien ihr bedeutungslos. Wichtig war allein dieser Moment, sie vier in diesem Wagen und das unterschwellige Wissen darum, dass die Eltern sie sicher nach Hause bringen würden.

Der Ventilator zur Kühlung des Diageräts setzte heulend ein und holte sie aus ihren Gedanken. Das Bild von Christian auf der Schaukel hatte sich unter der Hitze der Lampe verfärbt, alle Farben erschienen intensiver als zuvor, wie nachkoloriert. Die Hände, die ihm Schwung gaben, ihn anschubsten und sicherten, ihn bremsten, wenn er mit der Schaukel zu hoch flog, leuchteten auf der schrundigen Kellerwand. Linus trat im Schlaf mit einem Beinchen und stupste Svea an. Sie blinzelte und sah zu ihm hinunter. Zögerlich öffnete er die Augen. Linus würde sich später nicht an diesen Augenblick erinnern können. Nicht an diesen und nicht an viele andere. Sie würde es nicht beeinflussen können, woran er später ihre Beziehung festmachen würde.

DIE DAUER, DIE Helene Magda nun schon versteckt hielt, machte den Ziegenverschlag zu einem Gefängnis. Zwischen ihnen stand die Angst, entdeckt zu werden.

Fritz musste noch immer das Bett hüten, das Fieber ließ sich kaum senken, und wenn Helene seinen Puls fühlte, dann erschien es ihr, als hätte sein Herz ihn bereits aufgegeben.

Vergeblich wartete sie auf einen weiteren Brief von Franz. Seit Wochen hatte er nicht geantwortet, und Helene befürchtete insgeheim das Schlimmste.

Im Keller sprach Helene kaum mehr ein Wort. Stumm stellte sie Magda den frischen Eimer hin, nahm einen mit Urin gefüllten entgegen. Gerade als sie wie jeden Tag das Vorhängeschloss wieder abschließen wollte, stand Magda auf und schob ihre magere Hand zwischen Holztür und Mauerwerk. Enge und Dunkelheit hatten sie sichtlich geschwächt.

»Wo soll das hinführen? Du bist kein Mann. Hör auf, dich so zu benehmen«, sagte sie.

Magdas Stimme klang ungewohnt laut. Helene hatte sie lang nicht gehört und erschrak.

»Pscht«, machte sie und sah sich um.

»Ich habe gelernt, dass Frauen und Männer gleichermaßen grausam sein können«, flüsterte Helene.

»So? Du nicht, du bist gutmütig und weich.«

Über ihnen knarrte eine Diele. Eines der Kinder, vermutete Helene und blickte hinauf zur geöffneten Kellertür. Doch niemand war zu sehen.

»Ich bin härter geworden. Du hast mich härter gemacht«, sagte sie.

»Nie im Leben. Sobald ich außer Sichtweite bin, bist du dasselbe ängstliche Mädchen, das du immer gewesen bist.«

»Das ist nicht wahr. Ich habe mit dir eine Leiche versteckt, ich habe dich hierhergebracht.«

Magda trat aus der Dunkelheit des Verschlags heraus, machte ein paar Schritte auf sie zu und stand nun im Kellergang. Helene erschrak, wie dünn, wie fremd sie ihr war.

»Du bist nicht gemacht für den Krieg, du kannst dich nicht wehren, nicht mal gegen mich.«

»Ich will dir nur helfen, dich verstecken, bis das alles endlich vorbei ist.« Helene wich unwillkürlich zurück.

»Wie lange soll das sein? Und meinst du, dann ändert sich für uns etwas? Ich bin eine Gefahr für dich.«

Helene hatte nichts zu erwidern.

Magda schluckte. »Wenn sie mich finden, werde ich alles tun, um am Leben zu bleiben. Ich werde alles erzählen, was ich über dich und den Soldaten weiß.«

»Das tust du nicht.« Helene war den Tränen nahe.

»Ich weiß, wie er heißt und aus welchem Regiment er dir schreibt. Ich kann ihnen sagen, wo du im Wald die Briefe versteckst.«

»Ich werde sie holen«, schluchzte Helene.

»Und dann? Dann ist die Geschichte noch immer wahr. Sie werden deine Briefe bei ihm finden.«

»Das kannst du nicht tun.«

»Mein Gewissen zählt nicht mehr. Willst du meine dritte und letzte Regel hören?«

Helene schüttelte den Kopf.

»Nummer drei: Sieh ein, wann es zu Ende ist«, sagte Magda.

»Was soll das heißen?«, Helene hörte, dass sie wütend und gepresst klang.

»Dein Franz, er ist längst tot.«

Helene schüttelte erneut den Kopf und schluckte hart. In diesem Augenblick hörte sie das Quietschen der Kellertür und zwei unsichere Schritte auf der ersten Treppenstufe. Es war Sophie, die Helenes Stimme gehört hatte und ihr gefolgt war.

»Sophie, geh zurück in die Küche«, rief Helene die Treppe hinauf.

»Ist sie das?«, fragte Magda leise, »ist das deine Tochter?«

Doch Helene reagierte nicht auf Magdas Frage. Sie wollte sie zurückdrängen in den Verschlag, damit Sophie sie nicht zu Gesicht bekam, doch Magda war noch immer stärker als sie. Sie stemmte sich gegen Helene und wich nicht von der Stelle.

»Sophie, geh zurück nach oben«, rief Helene deshalb.

»Sophie, Sophie«, rief nun Magda, und es war,

als würde ihre Stimme nach dem kleinen Mädchen greifen.

Helenes Angst, Sophie könnte sie sehen, könnte ein Wort darüber vor den anderen Kindern verlieren oder gar vor Agnes oder Gerlinde, wuchs sich aus zu Wut. Zu einem Zorn, der Magda galt. Magda war es, die Hans erschlagen hatte. Auch wenn sie es für Helene getan hatte, war sie diejenige, die den Stein geführt hatte. Sie war geflohen. Sie wurde gesucht. Helene selbst war frei von Schuld. Was man ihr vorwerfen konnte, war, eine Kriegsgefangene versteckt zu haben. Helene würde alles abstreiten. Der Keller war groß genug, um sich unbemerkt darin versteckt zu halten. Keiner der anderen Bewohner hatte sie gesehen, warum also Helene. Außer Hans gab es keine Zeugen dafür, dass sie sich kannten. Helene konnte sie freilassen, sie wegschicken, weit weg. Alles würde sein, als hätte es sie nie gegeben.

»Sophie«, rief Magda erneut und befreite sich aus Helenes Griff.

Neugierig stieg das Mädchen eine weitere Stufe in den Keller hinab.

»Nicht«, rief Helene, und ihre Augen füllten sich mit Tränen.

Magdas Umriss verschwamm im Dämmerlicht des Kellers. Und in diesem Augenblick folgte Helene der eigenen Furcht, ergriff das Beil, das im Kellergang lehnte, und schlug Magda die stumpfe Seite auf den Kopf. Magda riss nicht die Hände hoch, wehrte sich nicht, sie ließ es geschehen, wie sie über Jahre die Grausamkeiten der Männer in den Baracken über sich hatte ergehen lassen.

Sie stolperte rückwärts, sackte in sich zusammen, und Helene schloss die Tür des Ziegenverschlags, ohne einen Blick auf das, was sie getan hatte. Kein Wimmern, kein Klagen drang durch die Ritzen der Brettertür. Magda war tapfer, das wusste sie. Schnell nahm Helene die kleine Sophie auf den Arm, rannte die letzten Stufen hinauf und schloss hinter ihnen beiden die Kellertür.

Als Helene Stunden später, nachdem Sophie endlich eigeschlafen war, nachsehen kam, in der einen Hand ein Stück Brot, in der anderen eine Schale mit drei kalten Kartoffeln, war Magda tot. Das Blut hatte keine Lache gebildet, war nicht unter der Tür hindurchgeflossen. Der sandige Kellerboden hatte es aufgenommen, als wäre nichts passiert. Helene sank auf die Knie und weinte. Sanft zog sie Magda an sich, strich ihr über das verfilzte Haar. Magdas Augen waren geschlossen, als schliefe sie bloß. Helene hoffte, dass der Traum, der sie ins Jenseits begleiten würde, ein guter war. Sie strich Magda über die Wange und erschrak über die Kühle ihrer Haut. Nun war sie allein, ganz allein, und sie war selbst schuld daran. Franz, schluchzte sie, Wilhelm, mein Wilhelm.

Am nächsten Tag half ihr Marie, hinter dem Hühnerstall eine Grube auszuheben. Helene wusste, was Marie ertragen konnte, dass sie zäh war und nicht plapperte. Doch die Tatsache, dass Marie beim Graben ihre heitere Melodie summte, jagte ihr einen Schauer über den Rücken.

»Deine Wahrheit möchte ich haben«, sagte Helene und stach erneut den Spaten in den feuchten Untergrund.

ZWEI TAGE LANG fühlte es sich so an, als wäre Christian erneut gegangen. Linus quengelte mehr, seit Mark weg war. Und indem Svea ihn tröstete, beruhigte sie sich selbst.

Sie dachte an Edith und daran, dass sie ohne Mark tatsächlich allein war. Und dieser Gedanke relativierte die Einsamkeit, die sie augenblicklich noch mit Linus teilte.

Svea stand am Fenster und hielt sich an einem leeren Wasserglas fest. Ihr war, als stürbe hier etwas, als ginge vor ihren Augen etwas zu Ende. Svea konnte das angestrengte Zerren des Baggers durch die einfach verglasten Fenster hören, es klang wütend. Die eingehakte Kralle zog an der niedrigen Dachrinne, riss ein Loch, in das sie dann hineingreifen konnte, um die Mauern rund um die Eingangstür einzureißen. Eine rote Wolke stob auf, als die Backsteine in sich zusammenfielen. Als der Staub sich legte, sah sie ungehindert in den Flur. Der Mantel mit Pelzbesatz war nicht mehr an seinem Platz. Die Garderobe war abmontiert, die Jacke mit dem Logo der Papierfabrik verschwunden. Sie hatte geglaubt, dass Mark die Abrissarbeiten begleiten würde, doch er blieb fort. Als der Bagger surrend vorsetze und die Kralle sich senkte, um die Wand zur Küche einzureißen, wandte

Svea sich ab. Sie stellte das leere Glas auf den Küchentisch und ging in den Flur.

Svea ließ den Hammer auf den Nagel hinabsausen. Der Putz bröckelte, zwei größere Klumpen fielen zu Boden, und eine feine Staubschicht blieb auf der Fußleiste liegen. Svea verzog den Mund, versetzte den Nagel um wenige Zentimeter und versuchte es erneut. Nun musste sie einen Stein getroffen haben. Laut klangen die Schläge nach, und der Hammer wurde bei jedem Aufprall zurückgeworfen. Nur mühsam ließ sich der Stift in den Stein treiben. Svea trat zurück und hielt das gerahmte Bild gegen die Wand. Es sollte im Flur hängen, das hatte sie in der Nacht entschieden.

Sie nahm einen weiteren Nagel aus dem Werkzeugkasten und schlug ihn seitlich versetzt in die Wand. Das kleinere Foto, das lediglich Helene und ihre Tochter zeigte, steckte in dem Rahmen ohne Glasscheibe, den sie im Keller in Christians Kartons gefunden hatte. Svea hängte es auf und trat einen Schritt zurück. Nachdenklich betrachtete sie die drei Gestalten, mit denen sie entschieden hatte, ab nun zusammenzuwohnen.

Svea hob Linus aus seinem Bettchen im ersten Stock und ging mit ihm in den Garten. Im hinteren Teil breitete sie eine Decke unter den Bäumen aus. Hier waren die Abrissarbeiten lediglich als fernes Grollen zu hören. Linus lag entspannt auf dem Rücken und blinzelte in das Licht, das durch die Blätter fiel.

Immer wieder sortierte Svea die Briefe. Erst nach Absender und Adressat, ein Stapel Helene, ein Stapel Franz. Dann ordnete sie die Seiten chronologisch. Und als sie die Zeilen in der richtigen Reihenfolge erneut las, wie ein Gespräch, wurde ihr klar, dass Helene ihr Leben in die Hand genommen und ihren sehnlichsten, unwahrscheinlichsten Wunsch wahrgemacht hatte.

Kommen Sie heil zurück. Kommen Sie zurück zu mir

las sie.

Svea nahm das Mobiltelefon und tippte eine Nachricht.

Komm zurück zu mir.

Mit dem Telefon in der Hand legte sie sich neben Linus und betrachtete ihr Haus aus flachem Winkel. Die Risse an der Außenwand waren im Streiflicht besonders deutlich. Der Putz war pockig und schrundig, die Dachpfannen matt und mit schwarzen Flecken übersäht. Der Dachfirst ließ sich, wenn man genau hinsah, in der Mitte etwas hängen. Ein Rollladen, der sich nicht mehr bewegen ließ, wirkte nach Jahrzehnten in der Witterung wie ausgewaschen.

Svea hörte, wie auf der anderen Straßenseite das

Dach von Ediths Haus nachgab und den ehemaligen Tanzsaal unter sich begrub. Die Staubwolke stob bis über den Giebel ihres Hauses auf. Eine Dohle umflog die Wolke gleitend, landete auf dem Schornstein des Stalls, hüpfte um die Öffnung im Kreis und verschwand darin.

Helene,

ich bin nur noch ein Rest von mir. Niemand kann diesen Rest wollen, selbst der Feind nicht. Ich tauge nicht zum Gefangenen. Unter jeder Last breche ich zusammen, kann kaum mehr das Gewehr halten. Vielleicht ist es der Wahnsinn, der mit dem Hunger einhergeht. Wenn ich Ihr Bild betrachte, dann ist es mir der verlorengegangene Spiegel.

Ob Freund oder Feind, ich habe keine Angst mehr, erschossen zu werden. Wie man mich nennt, ist mir mittlerweile egal. Ob Deserteur oder Feigling, leben will ich in der Sehnsucht. Des Nachts und in Gedanken laufe ich zu Ihnen.

F.

ES ROCH NACH Leder und künstlich nach Tannennadeln. Das Sonnenlicht ließ Streifen auf den Fenstern des Wagens sichtbar werden. Svea saß auf dem Rücksitz des Taxis, das sie und Linus vom Bahnhof hierhergebracht hatte, und blickte durch das Fenster auf das Haus, das sie vor über fünf Jahren im Streit verlassen hatte.

Sie gab dem Fahrer Trinkgeld für dessen Schweigsamkeit während der Fahrt und ließ sich die Trage von der anderen Seite des Wagens anreichen. Linus schlief. Zumindest das war ein gutes Zeichen. Wenn man lange nicht miteinander gesprochen hat, sollte das erste Gespräch nicht in Kindergeschrei untergehen. Das hier war wichtig, für sie und für Linus. Was wollte Svea ihm erzählen, wenn Linus herausfand, dass es Tanten und Onkel und Kusinen und Oma und Opa gab. Was sollte sie sagen, wenn er fragte, wo sie alle wären. Sie wusste, dass sie es nicht über sich bringen würde, Linus diese Menschen vorzuenthalten. Und wenn sie ehrlich war, wollte Svea sie sich selbst nicht länger versagen.

An dem kleinen Fenster neben der Eingangstür wurde eine Gardine beiseitegezogen. Ebenfalls ein gutes Zeichen. Dann öffnete sich die Tür einen Spalt breit. Svea lief den schmalen Weg entlang und ahnte, dass ihr niemand entgegenkommen würde. Sie würde die Tür selbst aufmachen müssen.

»Hallo«, rief sie in den Flur hinein.

»Komm rein«, hörte sie die klare Stimme ihrer Schwester aus der Küche.

Annika nickte, als Svea eintrat. »Setz dich, ich mache uns Tee.«

Svea stellte Linus in seiner Trage auf dem Fußboden ab. Sie hatte erwartet, dass Annika ihn ansah, ihn anfasste, ihn zuerst wahrnahm, doch ihre Schwester tat es nicht. Stattdessen setzte sie Wasser auf, deckte den Tisch und blieb auf eine für Svea unerträgliche Weise abwesend.

In Annikas Rücken sah Svea sich um. »Sind die Zwillinge nicht da?«

»Mit Jan im Freibad.«

»Klar, bei dem Wetter.«

In den letzten Jahren hatte Svea sich ausgemalt, wie Annika hier lebte, sie, Jan und die Mädchen. Svea hatte ein Durcheinander von Schuhen unterschiedlicher Größen im Flur erwartet, Zeichnungen der Kinder, die mit Magneten am Kühlschrank befestigt waren, Familienfotos im Treppenaufgang, Stapel von Sofadecken im Wohnzimmer, für jeden eine.

Doch der Flur war karg. Nägel in der nackten Wand wiesen darauf hin, dass hier etwas zu Ende ging. Ein kaputter Regenschirm, ausrangiert wahrscheinlich, lehnte in der Ecke. In der Küche standen gepackte Umzugskartons. Die Schränke, die Annika auf- und wieder zumachte, um Tee und Zucker herauszunehmen, waren halbleer.

Svea versuchte ein Lächeln, als Annika sie kurz ansah.

»Milch?«

Svea schüttelte den Kopf und sah durch die Terrassentür in den Garten.

»Der Teich ist fertig.«

»Ja«, sagte Annika und hielt inne. »Eine blödsinnige Idee.«

»Der Teich?«, vergewisserte sich Svea.

»Beide Mädchen sind schon reingefallen.«

»Er sieht nicht so tief aus.«

»Sie können noch nicht schwimmen. Jan hat sie rausgezogen.«

»Jan ist ein guter Vater.« Svea ließ es wie eine Vermutung klingen.

»Ja, das ist er«, sagte Annika nachdenklich und stellte zwei randvolle Tassen auf den großen Küchentisch. Ein Familienküchentisch.

»Setz dich.«

Svea rückte einen Stuhl beiseite und nahm gegenüber von Annika Platz. Früher, zu Hause bei Papa und Ursel, hatten sie an dem kleinen Tisch auf der Eckbank immer nebeneinandergesessen. Svea die Große und Annika die Kleine. Davon gab es viele Fotos. Svea und Annika mit Cornflakes, Svea und Annika mit Eis am Stiel, Svea und Annika vor einem Teller mit Weihnachtsgebäck. Immer nebeneinander, und Annika, so kam es ihr vor, war über die Jahre mehr gewachsen als sie selbst, hatte sich ihrer Größe angepasst.

Annika schüttelte den Kopf. Dabei sah sie hinaus in den Garten, wo vertrocknete Gräser den sonnenbeschienenen Teich einrahmten.

»Jeden Winter erfrieren die Goldfische«, sagte sie. »Und jedes Frühjahr kaufe ich neue und erzähle den Mädchen, es wären dieselben.«

Svea trank einen Schluck Tee. Sie drehte die Tasse in der Hand und betrachtete das Muster auf dem Porzellan.

»Das war Omas Kaffeegeschirr«, stellte sie fest. »Du hast es aufgehoben.«

»Ursel wollte es nicht haben.« Annika ließ die Tasse durch ihre Hände gleiten, liebkoste sie beinahe.

»Ich finde es schön, dass du es aufbewahrt hast.« Svea fischte in ihrer Bluse nach dem Kettenanhänger. »Ich habe das hier.«

Annika beugte sich vor, um das Schmuckstück besser sehen zu können.

»Die Kette hat Oma jeden Tag getragen.« Zum ersten Mal sah sie Svea richtig an.

Sie drehte die Trage um, damit Annika einen Blick auf Linus werfen konnte.

»Ursel hat mich gebeten, dass ich das hier mache«, stellte ihre Schwester klar.

Svea nickte und nippte an der Tasse, deren Anblick sie jäh in die eigene Kindheit katapultiert hatte. Sie und Annika bei Oma und Opa. Waffeln. Und Kakao aus diesen Tassen. Jeden Sonntag.

»Mich auch«, gab sie zu.

Svea stellte die Tasse ab und betrachtete ihre Hand. Sie löste sie vom Henkel, entspannte die Finger und legte beide Hände in den Schoß.

»Es tut mir leid, wegen der Taufe.«

Annika atmete lang und tief ein und lehnte sich in ihrem Stuhl nach hinten, als wollte sie Raum für das Thema schaffen. Linus wimmerte leise, blinzelte ein wenig, und Annikas Blick streifte ihn.

Mit einem Seufzen atmete sie aus. »Das ist fünf Jahre her.«

Svea nickte. »Dann kommen die Zwillinge bald in die Schule.«

»Nach den Sommerferien.«

»Keine Sorge, ihr müsst mich nicht zur Einschulung einladen.«

Annika lachte kurz auf, dann fuhr sie sich mit der Hand über das Gesicht.

»Alles wird dann anders sein«, sagte sie mit verändertem Tonfall.

Svea musterte die Kartons. Annika wusste genau, was sich darin verbarg. Sie hatte sie eigenhändig gepackt, hatte zwei Leben auseinandersortiert, hatte ihr Leben und das der Kinder von Jans separiert.

Und plötzlich wurde Svea bewusst, dass Christians Kartons, die verloren in dem leeren Raum im Keller standen, einen Anfang darstellen konnten. Svea war dabei, ihre und Christians Sachen auszupacken und nebeneinander, übereinander, miteinander in Schränke und Regale zu sortieren. Ihr Anfang war Annikas Ende, die Umstände glichen sich, doch der Ausgang war verschieden, konnte verschieden sein, wenn Svea es wollte.

»Ursel hat gesagt, dass du schon eine Wohnung hast.«

Annika nickte. »Nicht weit von hier. Die Mädchen sollen zusammen mit ihren Freunden aus dem Kindergarten eingeschult werden.«

Svea sah zu Linus hinunter. Er zappelte mit den Beinen, so dass die Trage wippte. »Wie haben sie es aufgenommen?«

»Sie begreifen es noch nicht.« Annika strich sich mit der flachen Hand über die Oberschenkel. »Ich begreife es ja nicht einmal.«

»Was ist passiert?«

»Jan sagt, dass er keine Rolle mehr spielt, seit die Kinder da sind.« Annika zog die Schultern hoch und ließ sie langsam wieder sinken.

»Und du, was denkst du?«

Annika lachte bitter. »Das Gleiche, aber über mich.«

»Zum Glück haben die Mädchen sich«, schob sie nach.

Svea lächelte schwach, wusste sie doch, dass ihre Schwester damit auch auf sie beide anspielte.

»Warum haben wir uns nicht besser verstanden, früher?«, wollte sie wissen.

»Du warst sechs Jahre älter als ich.«

Dass ihre Beziehung sich auch hätte anders entwickeln können, ahnte Svea. Sie war die große Schwester, doch hatte sie diese Rolle nie wahrgenommen, nie wahrnehmen wollen.

»Als ich eingeschult wurde, hast du dich schon geschminkt. Du warst von mir gelangweilt.«

Svea konnte nicht widersprechen. »Aber du warst der Liebling«, sagte sie deshalb.

Annika schüttelte den Kopf. »Das denkst du.«

»Du hast nie Ärger bekommen. Wegen dir gab es nie Streit mit Papa.«

»Nein«, Annika atmete tief ein. »Ich bin einfach gar nicht aufgefallen. Keiner hat mich beachtet.«

»In den letzten Jahren hattest du alle Aufmerksamkeit.« Svea ließ es wie eine Entschuldigung klingen, eine Art von Wiedergutmachung.

»Ein bisschen, ja«, gab Annika zu, »aber erst, seitdem du dich nicht mehr blicken lässt.«

»Ich dachte, ich gehöre nicht dazu.«

»Du reißt eine Lücke, die ständig spürbar ist. Ursel leidet, Papa leidet. Jan hatte jahrelang ein schlechtes Gewissen, weil er dachte, ich hätte wegen ihm und den Kindern keinen Kontakt mehr zu dir.«

»Das wusste ich nicht«, sagte Svea.

»Früher, als ich allein bei Ursel und Papa gewohnt habe, habe ich jeden Geburtstag darauf gewartet, dass du auftauchst. Jedes Jahr. Und immer warst nur du Thema, weil du nicht gekommen bist.«

»Ich dachte, es wäre genau umgekehrt. Ich wollte nicht die ganze Aufmerksamkeit auf mich ziehen. Bei dir lief immer alles so toll, so glatt. Wenn ich mit meinen ganzen Problemen da war, haben alle nur darüber geredet.«

»Das schaffst du so oder so, immer.«

»Selbst wenn du nicht da bist, wenn du verschwunden, abgetaucht bist, drehen sich alle Gespräche nur um dich.«

Svea runzelte die Stirn. »Das verstehe ich nicht.«

»Bei jeder Familienfeier seit der Taufe gibt es nur ein Thema: dass du nicht da bist. Dass du fehlst.«

»Damals gab es immer nur Ärger, wenn ich da war.« Und plötzlich kam Svea der Gedanke, dass sie auf eine gewisse Weise an Annikas heutigem Leben beteiligt war. Annika war den Weg des geringsten Widerstands gegangen, immer schon. Sie hatte die Position besetzt, die Svea ihr überlassen hatte.

»Ich weiß, dass du denkst, dass Ursel und Papa sich nur um mich, um uns hier, kümmern«, sagte Annika.

»Hat Ursel das gesagt?«

Annika nickte. »Dass die beiden mir heute helfen, empfinde ich als Ausgleich für alles, was war. Die Zwillinge bekommen viel Aufmerksamkeit, das tut auch mir gut. Trotzdem bist du immer gegenwärtig. Ursel und Papa reden so oft von dir, obwohl du sie aus deinem Leben ausschließt. Dass du jetzt ein Kind hast, ist für sie ein Weltwunder. Bei mir haben sie nicht applaudiert.«

»Bei mir auch nicht.«

»Oh doch«, Annika nickte heftig, »das weißt du nur nicht. Ihnen ist klar, dass das für dich eigentlich nicht zur Debatte stand.«

»Ist das jetzt gut oder schlecht?«

Annikas Gesichtsausdruck verriet, dass sie sich selbst nicht sicher war. »Wusstest du, dass die Zwillinge ein Schock für mich waren?«

»Aber du hast dir doch Kinder gewünscht.«

»Ich habe mir *ein* Kind gewünscht. Ein Einzelkind.«

Svea zögerte: »Meinetwegen?«

»Sagen wir, ich kann nicht gerade von der Beziehung zu meiner Schwester schwärmen.« Annika klang jetzt mild, fast versöhnlich.

Svea überlegte, was sie sagen sollte. »Das wusste ich tatsächlich nicht.«

»Ich bekomme zwei Kinder auf ein Mal, und es wird als folgerichtig angesehen. Du bekommst ein Kind und wirst als Verrenkungskünstler gefeiert. So ist das eben.«

»Es tut mir leid. Wirklich.«

»Schon gut.« Annika schenkte ihnen Tee nach.

Svea fühlte sich, als würde ihr die ältere Schwester gegenübersitzen, die Annika von ihrem Gefühl her mittlerweile war.

»Und jetzt? Bereust du jetzt, dass du die Kinder hast?«, fragte sie vorsichtig. Svea wagte nicht, diese Frage mit ihrer Trennung von Jan in Zusammenhang zu bringen.

Annika sah sie prüfend an. »Manchmal stelle ich mir vor, wie es wäre, wenn ich keine Kinder bekommen hätte.«

»Was wäre dann?« Svea fürchtete die Antwort auf ihre Frage, denn sie vermutete, dass sie auch ihr gefährlich werden konnte.

Ihre Schwester zögerte, lächelte dann und sah zu Boden. »Dann hätte ich mich schon früher von Jan getrennt.«

Annika hob die Augenbrauen. »Man kann alles immer wieder ändern. Nur eines nicht: Kinder.«

Svea nickte und betrachtete Linus, der sie aus wachen Augen ansah.

»Aber das ist nicht schlimm.« Annika beugte sich zu ihrer Schwester vor. »Du bist, wie du bist. Und das wird nicht aufhören, nur weil Linus jetzt da ist.«

»Jetzt tröstest du mich?« Svea lächelte.

»Das Einschneidende an Kindern ist nicht, dass sie *uns* verändern, sondern, dass wir uns *für sie* verändern. Es bleibt deine Entscheidung.«

»Ich bin nicht sicher, ob ich noch dieselbe bin, jetzt, mit Linus.«

Annika lachte. »Gerade du.« Sie beugte sich zu Linus hinunter, löste den Gurt und hob ihn auf ihren Schoß. Linus ruderte vor Freude mit den Ärmchen.

»Warum hast du Linus überhaupt bekommen?«, sprach ihre Schwester aus, was Svea sich bisweilen fragte. Sie dachte an das Foto, das Helene und Sophie allein vor der Leinwand zeigte. Helene war für ihr Kind stark gewesen. Svea war sich mittlerweile sicher, dass es Sophie war, die Helene hatte stark werden lassen, die sie stark gemacht hatte.

»Ich wollte das alles wieder hinbekommen«, Svea sah Annika in die Augen, »und das hätte ich ohne ihn nicht geschafft.«

VORSICHTIG ÖFFNETE HELENE die Tür, hinter der Fritz sich langsam erholte. Sie trat an sein Bett und betrachtete den gealterten Mann. Der Krieg hatte auch ihm schwer zugesetzt, hatte ihn mager und krumm werden lassen. Gegen den Hunger und die Trauer um Wilhelm erschien das Alter wie eine leichte Bürde. Helene öffnete die Fenster, ließ Luft herein und weckte damit Fritz. Sie setzte sich auf die Bettkante und tastete nach seiner Hand. Als sie ihn berührte, drehte er langsam den Kopf.

»Ich habe Rinderknochen auf dem Markt bekommen und eine Suppe für dich aufgesetzt. Sie wird dir guttun.«

Fritz nickte dankend und setzte sich mühsam auf. Helene tätschelte seinen Arm, glitt mit der Hand bis zu seiner nackten, knöchernen Schulter, als wollte sie ihn stützen.

»Einer war hier«, murmelte Fritz, »als du weg warst.«

»Gerlinde wahrscheinlich«, Helene sah unters Bett, »sie hat die Pfanne geleert.«

Doch Fritz schüttelte den Kopf. »Nein, ein Mann war hier.«

Helene war sich nicht sicher, ob Fritz im Fieber geträumt hatte. Auch sie sah Magda im Aufwachen am Morgen oder mitten in der Nacht. Der Flecken

Erde, auf dem nun Marie die neuen Kartoffelpflanzen anhäufelte, ging ihr nicht aus dem Kopf.

»Kein Fremder kommt hier rein, niemand«, sagte sie, auch um sich selbst zu beruhigen.

»Doch«, Fritz schluckte trocken, und Helene führte ein Glas Wasser an seine Lippen, aus dem er gierig trank. Ein schmales Rinnsal lief über seine Lippen und bildete in der Kuhle oberhalb seines Schlüsselbeins eine kleine Pfütze.

»Er war in Lumpen. Wie der Tod hat er ausgesehen.«

Helene lächelte beschwichtigend. »Du hast geträumt.« Mit der freien Hand fühlte sie die Temperatur an seiner Stirn. Sie war gesunken und versprach, dass er in Kürze wieder würde aufstehen können. Bis er wieder im Haus helfen konnte, würden noch einige Tage, wenn nicht Wochen vergehen.

Helene stand auf und schlug die nassgeschwitzte Decke beiseite. Draußen zwitscherten die Vögel und ließen diesen weiteren Kriegstag harmlos klingen.

»Ich habe nicht geträumt«, murmelte Fritz und sah sie mit klaren Augen an. Unter Aufwendung seiner zurückkehrenden Kräfte deutete er in Richtung des Stuhls, auf dem seine Geige lag.

Helene wandte sich ab, ging um das Bett herum, um ihm sein geliebtes Instrument zu geben. Doch auf dem Stuhl, direkt daneben, lag etwas, das sich ihrem Begreifen entzog. Ein Bündel Briefe, schmutzig und grau, zusammengebunden mit einer ausgefransten

Paketschnur. Sie nahm das Päckchen und erkannte die Handschrift als ihre eigene.

Als sie verstand, als sie die Briefe mit dem in Zusammenhang brachte, was Fritz gesagt hatte, sah sie ihn an. Der alte Mann machte mit schwacher Hand eine Bewegung, als wollte er sie fortschicken.

»Er kann noch nicht weit sein«, sagte er.

Helene presste das Bündel an ihr Herz und rannte los. Sie ließ alle Türen offenstehen und lief stadtauswärts in Richtung Wald. In der Ferne erkannte sie eine hinkende Gestalt. Sie hob ihre Röcke und rannte, so schnell es ging. Das Päckchen Briefe in ihrer Schürze hüpfte bei jedem Schritt.

Außer Atem hielt sie an einer Buche inne. Sie befühlte das Päckchen durch den Stoff, wie um sich zu vergewissern, dass es ihn wirklich gab. Dann rief sie zum ersten Mal seinen Namen. Und es klang ihr im Kopf wie das Rufen nach Wilhelm in jenem Sommer des Hofbaus und das Rufen nach Magda im Wald.

Die Gestalt in der Ferne blieb stehen, hielt mit dem Rücken ihr zugewandt inne. Und als sie sich umdrehte, verschwammen im Hitzeflimmern über dem Feldweg die Gesichter. Helene rannte zu Magda, sie rannte zu Wilhelm, sie rannte zu Franz.

DRAUSSEN STAND DIE Welt still. Svea hatte sie angehalten. Sie wagte nicht, das Fenster zu öffnen und die Geräusche hereinzulassen. Unbewegt stand eine Kastanie dicht vor der Scheibe. Ein Vogel hüpfte auf einem Ast ins schützende Blattwerk. Seine Bewegung ließ die Zeit weiterlaufen, gab Svea den Impuls, sich umzudrehen. Auf dem Fernsehbildschirm waren Eisschollen zu sehen, die ins offene Meer trieben. Als der Abspann eingeblendet wurde, schaltete Svea das Gerät aus.

»Bin ich schon wieder eingenickt?« Edith sah sie mit glasigen Augen an und fingerte hinter ihrem Ohr am Hörgerät.

»Nur kurz«, erwiderte Svea und lächelte geduldig.

Linus war im Aufenthaltsraum bei einer Schwester. Sie hatte geklopft und gefragt, ob sie ihr das Kind für eine halbe Stunde abnehmen sollte. Svea hatte genickt, war froh gewesen, dass er nicht mehr schrie.

Sie griff in die Papiertüte auf der Fensterbank, kramte darin und steckte sich erneut ein saures Stäbchen in den Mund. Svea verzog das Gesicht, und Edith schüttelte den Kopf, als könne sie nicht verstehen, warum irgendjemand so etwas aß.

»Schorsch kommt morgen wieder. Das hat er versprochen«, sagte Edith freudig.

»Wie haben Sie das geschafft? Ich meine …«

Doch Edith unterbrach sie. »Ich weiß, dass er nicht gerne hier ist. Darum gehen wir spazieren. Den Weg durch den Wald und an der Papierfabrik entlang. Er ist noch kräftig und kann mich schieben.«

»Er hat lange gebraucht, um zu Ihnen zu finden.«

Edith nickte. »Fast ein ganzes Leben.«

Svea dachte an den Saal der Gaststätte, den es nun nicht mehr gab, und daran, dass die beiden dort vielleicht als junge Leute miteinander getanzt hatten. Heute würden sie im Freien tanzen müssen.

»Wofür hat er so lange gebraucht? Was macht es so schwierig?«

Edith zuckte mit den Schultern. »Angst, nichts als Angst.«

Svea schluckte süßsauren Speichel und durchmaß das Zimmer. Sie überlegte, wie sie die Frage stellen konnte, um derentwillen sie gekommen war. Doch etwas schabte unter ihrem Schuh auf dem Linoleum und bremste sie. Mit einer Hand hielt sie sich am Krankenbett fest, hob den Fuß und pulte einen kleinen, glänzenden Gegenstand aus der Rille ihrer Schuhsohle. In ihrer Handfläche erschien er ihr winzig, und Svea betrachtete ihn, bis sie verstand. Dann trat sie ans Waschbecken und spülte ihn vorsichtig ab. Mit noch tropfenden Händen ging sie zu Ediths Nachttisch, nahm den Perlohrring zwischen zwei Finger und steckte das verloren geglaubte Gegenstück auf den Ohrstecker. Sie ließ die Arme sinken und trocknete die Hände an ihrem Rock ab.

»Den habe ich schon vermisst«, sagte Edith. »Jetzt kann ich sie morgen tragen.«

Edith hielt ihr die Hand hin, und Svea nahm sie in ihre. Die weiche Haut an Ediths Handrücken fühlte sich an, als sei sie ihr zu groß geworden.

»Ihre Hände sind so makellos. Meine sind voller Altersflecken.« Edith schüttelte den Kopf, als wisse sie nicht, wo die Zeit geblieben war. Ihr nackter Unterarm lag auf dem Bettlaken, so dass die einstige Verletzung sichtbar war.

Svea nahm allen Mut zusammen und stellte die Frage, die sie seit der ersten Begegnung mit Edith nicht mehr losgelassen hatte. »Weiß jemand, ich meine, irgendjemand, woher die Narbe ist?«

Edith kniff die Augen zusammen und wandte Svea mit einer leichten Drehung des Kopfes ihr Gesicht zu.

»Ich hätte es Ihnen nicht erzählen sollen.« Sie klang heiser.

Svea ließ ihre Hand los und setzte sich auf einen Stuhl neben das Bett. »Doch. Jetzt weiß zumindest ich es.«

»Und was bringt das? Wollen Sie es Ihrem Kleinen als Gutenachtgeschichte erzählen, wenn er alt genug ist?«

»Nein«, sagte Svea.

Edith blickte an die Zimmerdecke und drückte ihren Kopf in das Kissen, als würde das Liegen ihrem Nacken zusetzen.

»Mein Mann wusste natürlich, dass die Narbe nicht aus dem Flussschwimmbad war.« Edith schluckte. Kurz schloss sie die Augen. »Er hat mich nie retten müssen.«

»Aber?«

»Aber er hat sich in der Rolle des Retters gefallen. Und er wusste, dass er mir damit einen Dienst erwies.«

»Und er hat nie gefragt?«

Edith bewegte den Kopf langsam von rechts nach links. »Nie.«

»Hatten Sie jemals das Bedürfnis, die wahre Geschichte zu erzählen?«

Edith seufzte und gab Svea ein Zeichen, das Kopfteil etwas höher zu stellen. Sie betätigte den Knopf, surrend wurde Ediths Oberkörper angehoben.

»Besser.« Edith nickte.

Um ihr das Kissen zurechtzurücken, stand Svea auf. »Niemand außer mir kennt die echte Geschichte?«

»Geteiltes Leid wäre in diesem Fall doppeltes Leid.« Edith rieb sich über das Gesicht. »Was hätte es gebracht, das alles zu erzählen? Mark glaubt bis heute, sein Großvater wäre ein guter Schwimmer gewesen.«

»In Wirklichkeit war er kein so guter Schwimmer?«

»Er blieb oben, das genügte.« Ediths Lachen erstarb in einem Gurgeln. Sie schüttelte den Kopf, als könnte sie das Geräusch abschütteln. »Und ich kann nicht mal einen Köpper. Habe ich nie gekonnt.«

»Aber Sie haben ihn Mark beigebracht. Er hat es mir erzählt.«

Edith schmunzelte. »Immer vom Beckenrand aus. Reine Theorie.«

Und plötzlich wurde Svea klar, dass sie Linus alles beibringen konnte, wirklich alles. Selbst Dinge, die sie selbst nicht beherrschte.

»Das scheint Sie sehr beschäftigt zu haben.«

»Ja«, gab Svea zu.

Doch die Frage, um die es eigentlich ging, die sie und Christian betraf, kam ihr erst jetzt in den Sinn. »Sie haben Ihren Mann angelogen, und er wusste das. Wie sollte er wissen, dass Sie ansonsten, in allem anderen, die Wahrheit sagen?«

»Das konnte er nicht wissen, wie auch.« Ediths Lider flatterten. »Da hilft nur Vertrauen, blindes Vertrauen.«

Svea zögerte, doch dann musste es raus. »Mark und ich, wir …«, mehr brauchte sie nicht zu sagen.

Edith winkte ab. »Ich habe geahnt, dass er Sie mag. So, wie er Sie angesehen hat.«

»Ich werde Christian nichts von Mark erzählen, wenn er wieder da ist.«

Edith schloss die Augen. »Und jetzt wollen Sie von mir die Absolution?«

Svea schwieg, und Edith blieb ihr eine Antwort schuldig.

»Wo ist er überhaupt? Wo ist Mark?«, fragte Edith schließlich.

»Er hat zu tun«, log Svea.

»Er wird eine Weile nicht kommen, habe ich Recht?«

Svea sah zu Boden und nickte.

»Habe ich mir gedacht.«

»Es tut mir leid.«

»Schon gut. Er kann das nicht, sich verabschieden.«

»Ich weiß«, erwiderte Svea. »Aber Sie können es gut?«

»Sieht man mir das an?«

»Sie haben keine Angst.«

Edith lachte erschöpft. »Das Leben ist ein Glücksspielautomat. Du wirfst etwas hinein, so lange, bis du etwas gewinnst. Was du dabei verloren hast, ist schnell vergessen.«

»Ich bin nicht sicher, ob das auch für mich zutrifft.« Sie dachte an Mark und daran, dass er verschwunden war, ohne dass sie nochmals miteinander gesprochen hatten. Svea dachte täglich an ihn, fast genauso oft wie an Christian.

»Hören Sie auf zu grübeln, und erzählen Sie mir was Schönes.« Edith schloss erschöpft die Augen.

Svea sah den abgeräumten Schuttplatz vor sich, auf dem früher Ediths Haus gestanden hatte. Das Haus, in dem sie auf so furchtbare Weise verletzt worden war, in dem sie von vorne angefangen hatte und in dem sie mit ihrem Mann über viele Jahre glücklich gewesen war. Das Fundament des Tanzsaals konnte man aus den oberen Fenstern ihres Hauses noch auf dem Grundstück gegenüber erkennen. Das Fundament von Ediths Leben, so erschien es ihr, war eine Lüge, die niemandem wehtat. Ediths Wahrheit war bei Svea gut aufgehoben. Und deshalb entschied Svea sich in diesem Augenblick für ihre Variante der Realität.

»Im Garten vor Ihrem Haus blühen jetzt die Stockrosen.«

MITTEN IN DER Nacht brummte Sveas Handy und beleuchtete die leere Seite des Bettes.

Bald bin ich da. Holt ihr mich ab?

schrieb Christian. Linus regte sich in seinem Bettchen und sah Svea mit großen Augen an. Er ließ sich von ihrer Unruhe anstecken und schlief nicht wieder ein. Also lief Svea durch den Garten, umkreiste jeden einzelnen Baum, trat Mandalas ins hohe Gras.

Und als habe er nur einen Ausflug unternommen, tauchte der Hund durch das Loch im Zaun hinter den Bäumen. Svea kniete sich auf die Wiese und lockte ihn. Geduckt verließ er das schützende Dickicht, lief zu ihr und ließ sich streicheln. Sie griff ihm hinter die Ohren, massierte ihm den Kopf, dann zog sie eine lange Linie den Rücken entlang, was den Hund dazu veranlasste, sich zu strecken.

Als Svea aufstand und ins Haus ging, folgte er ihr.

Spät in der Nacht, fast schon am Morgen, als Linus längst wieder schlief, brachte ein heftiges Gewitter Abkühlung. Über dem Haus zerriss es den Himmel. Ein Windstoß zog durchs Haus, warf Türen zu und öffnete sie wieder.

Am Morgen lag der Garten voller Äste. Die große

Blutbuche wirkte unbeschädigt, nur die roten Blätter lagen überall, in Beeten, auf Astgabelungen, auf Fensterbänken und im Durchgang zwischen Haus und Stall, in den der Wind sie getrieben hatte. Das viele Wasser war versickert oder verdunstet. Lediglich der Duft feuchter Rosen und die Ahnung einer Kühle waren geblieben. Der Sommer hatte sich kurz aufgebäumt, er würde sich und ihr noch etwas Zeit geben.

Noch im Nachthemd stand Svea im Flur, nahm das kleinere Bild vom Nagel und schlug es in eine Zeitungsseite ein. Mit einer Zange zog sie auch noch den Nagel heraus, strich mit dem Zeigefinger über das Loch und drückte die angerissene Tapete nach innen.

Das große Bild ließ sie hängen. Es erschien ihr nicht mehr wichtig, wer auf dem Bild abgebildet war und warum. Es änderte die Geschichte nicht, ihre Geschichte nicht.

Sie dachte an Mark und daran, dass es nichts gab, das Linus an ihn erinnern würde. An diesen ersten Sommer hier im Haus. Christian würde nach Hause kommen, und es würde so sein, als hätte es Mark nie gegeben.

Svea stellt sich vor, wie sie hier zusammenleben würden, sie, Christian und Linus, und wie dieser Sommer vor allen neuen Ereignissen in den Hintergrund treten würde. Irgendwann würde es ein Sommer von vielen sein, er würde kein Gewicht haben.

Sie würden *Vater, Mutter, Kind* spielen, wie all die anderen vor ihnen. So absurd es ihr erschien, *Mann und Kind*, Christian und Linus, bildeten mit dem Haus eine Einheit. Und dieser Gedanke hatte etwas für sich, hatte etwas Erwachsenes.

Svea fuhr mit dem Bus zum Flughafen in die nächstgrößere Stadt. Linus schlief im Tragetuch vor ihrem Bauch. Während der gesamten Fahrt dachte sie an die eine Stelle zwischen Ohrläppchen und Kragen. Sie stellte sich vor, wie sie ihre flache Hand darauflegte, um mit dem Daumen seinen Kiefer entlangzufahren. Erst die Barthaare, jedes einzelne würde unter ihrem Druck zur Seite springen, Haut erahnen lassen, dann das weiche Ohrläppchen, lediglich mit Flaum bewachsen. Sie würde die Strecke mit dem Daumen genau dreimal abfahren, bevor sie ihn küssen würde. Einmal war zu hastig, zu übereilt, viermal zu zögerlich, zu unentschlossen. Dann erst würde sie ihm in die Augen sehen können, und sie hoffte, dass diese Augen sie sahen, wie sie sein wollte, wie sie sein würde, mit ihm und Linus. Svea würde ihm zeigen, dass sie ihn wollte, dass sie es versuchen wollte. Sie war bereit für diesen Anfang, denn nichts anderes war es, ein Neuanfang.

Im Flughafengebäude betrachtete sie die Anzeige, die die Landungen der Maschinen ankündigte, als könnte sie an ihr etwas über ihre Zukunft ablesen.

Im Abholbereich stand Svea dann dicht vor der Glaswand. Leere Gepäckbänder setzten sich lautlos in Bewegung. Zwei Durchlässe in der Wand spuckten die ersten Koffer aus, Taschen und Treckingrucksäcke folgten. Nach und nach kamen die ersten Passagiere vom Zoll. Die meisten sahen müde aus. Am anderen Ende der Welt war man ihnen zehn Stunden voraus. Die, die nun kraftlos ihre Sachen von dem Band fischten, hatten diesen Abend bereits einmal durchlebt, waren gleichsam in die Vergangenheit gereist.

Svea stellte sich auf die Zehenspitzen. Weit hinten entdeckte sie Christian, der wach und ausgeschlafen wirkte. Schwungvoll zog er seinen Koffer vom Band. Dann ging er in ihre Richtung. Erst auf der Hälfte der Strecke entdeckte er sie und Linus hinter der Glaswand. Er lächelte und sah plötzlich aus wie der Christian, dem Svea früher jeden Tag in der Mensa gegenübergesessen hatte. Er hatte sich nicht verändert, nicht durch sie, nicht durch Linus, nicht durch die Zeit, die er fort gewesen war, er war derselbe. Und mit einem Mal war es nicht mehr so schlimm, dass ihr Platz am Fenster mit Blick auf den Universitätspark nun von anderen besetzt wurde. Sie hatten einen neuen Platz am Fenster, einen gemeinsamen.

Christian wechselte den Koffer in die andere Hand und winkte. Svea winkte zurück, nahm die eigene Bewegung in der widerspiegelnden Glaswand wahr und sah genauer hin. Sie erkannte sich, und doch fand sie sich verändert. Linus ruhte in dem Tuch vor ihrem Bauch. Sie strich über seinen Rücken, umarmte ihn. Und in diesem Augenblick trat Christian vor die Glasscheibe, und Svea sah sich selbst und Linus als Spiegelung und ihn dahinter, als wären sie bereits gemeinsam auf einem Bild zu sehen.

DANKSAGUNG

Mein besonderer Dank gilt dem Niedersächsischen Ministerium für Wissenschaft und Kultur sowie den Martin-Kausche-Ateliers Worpswede.

LESEPROBE

IN SEINER ERINNERUNG hatte es an diesem Ort im kurzen Sommer immer etwas nach Qualm gerochen, einem Qualm, so harzig und schwer, dass man ihn schlucken musste. In der Ferne waren aufsteigende Rauchsäulen zu sehen, die hier niemanden mehr beunruhigten, selbst ihn nicht. Er hatte gelernt, was einem hier draußen begegnen konnte, und sich an den Geschmack verbrannter Wälder auf seiner Zunge gewöhnt. Seine Nase war trotz der Irritation fein geblieben und sein Gaumen sensibel.

Er pflückte ein Blatt der Nadelrose ab, die neben der Holzhütte kräftige Stämme ausgebildet hatte. Langsam zerrieb er das zarte Blütenblatt zwischen den Fingern und führte es zur Nase. Es roch süßlich herb und ein wenig nach Hagebutte. Dann bückte er sich und befühlte den Boden am Fuß der Pflanze. Dieser war kühl vom langen Winter und von der vergangenen Nacht. Die Erde, die er nun mit den bloßen Fingern zu lockern versuchte, verwehrte sich. In dicken, kühlen Klumpen hing das Erdreich an der Pflanze. Der mehrere Monate andauernde Frost hatte den Boden zu einem Fundament verfestigt. Die Wurzeln der Pflanze taten ein Übriges. Gerade als er ein Klümpchen gelöster Erde zwischen Daumen und Zeigefinger zerrieb, war ihm, als näherten sich Schritte. Noch in der Hocke drehte er sich um und war geblendet von der tiefstehenden Sonne. Erst als der Körper sich vor die Lichtquelle schob, konnte er erkennen, um wen es sich handelte. Ein großer nackter Oberkörper teilte den Lichtschein und warf Schatten. Die ledrige Haut, unter der sich bei jedem Schritt die Muskeln spannten, war braungebrannt von der hohen Sonneneinstrahlung. Lediglich drei tiefe Kerben, wie mit dem Meißel herausgeschlagen und konkav vernarbt, zeugten davon, dass ihr Träger noch einmal mit dem Leben davongekommen war.

Der Hockende begrüßte den anderen lautlos mit erhobener Hand. Im Aufstehen schlug er die Hände aneinander, um die feuchtkühle Erde loszuwerden.

»So kann das nicht weitergehen.«

Erich schreckte auf. Zuerst besah er seine Hände. Sie waren sauber, kein Krümel Erde war zu erkennen. Wie im Zeitraffer gealtert lagen sie auf den Armlehnen seines Sessels. Als müsste er sich daran erinnern, dass diese Gliedmaßen zu ihm gehörten, bewegte er die Finger. Die Ausmaße seiner Hände hatten einst seiner imposanten Körperlänge entsprochen. Heute wirkten sie wie zu groß geraten. Dabei waren seine Finger in den letzten Jahren im Umfang geschrumpft, so dass jedes der Gelenke hervortrat und sein Alter nur umso deutlicher machte.

»So kann das nicht weitergehen«, wiederholte Irina vorwurfsvoll. »Hörst du mir überhaupt zu?«

Erich nickte bloß, hatte er doch nach dem kurzen Schlaf seine Stimme noch nicht wiedergefunden. Er räusperte sich und schluckte über eine spürbare

Erhebung. Dabei entstand ein Druck im Kopf, der ihn schmerzhaft an seine Stirnverletzung erinnerte. Die Schwester, die ihm bei der Entlassung geholfen hatte, alle Papiere richtig auszufüllen, hatte beim letzten Verbandswechsel auf ein Pflaster bestanden. Erich hatte sich gewehrt. Ein alter Mann mit einem Pflaster am Kopf konnte nur eines bedeuten.

»Zumindest bis die Fäden gezogen sind.«

Erich hatte genickt und die Schwester gewähren lassen. Mit einem kleinen Ruck entfernte er nun, was ihn und seinen Zustand vermeintlich verriet. Er befühlte die darunterliegende Wunde. Vier Stiche, vier Knoten zählte er, darunter eine Beule wie ein implantierter Stein.

»Das hier kann dich umbringen.«

Erich wusste nicht, wovon sie sprach. Alles, was in diesem Moment jenseits seiner Knie lag, sah er nur verschwommen. Das Wohnzimmer mit seiner grünen Blümchentapete, die Bilderrahmen voller Erinnerungen, alles verschwamm zu einem schlammfarbenen Schleier. Er tastete nach seiner Brille.

»Da«, sagte Irina, »nicht mal das geht mehr allein.«

Erich spürte, wie sie ihm etwas in die Hand drückte. Er setzte die Brille auf. Irina hatte ihn vom Krankenhaus abgeholt und nach Hause gefahren. So weit, so gut. Doch das hier ging definitiv zu weit.

»Siehst du das?«, fragte sie und hielt ihm etwas so dicht vor die Nase, dass er nichts mehr erkennen konnte.

Abwehrend griff Erich nach dem Gegenstand und hielt eine kleine Dose in den Händen. Er drehte sie vor den Brillengläsern. Dann erkannte er die gelbe Schrift auf blauem Grund.

»Thunfisch«, las er freudig ab. »Das ist Thunfisch.«

Angestrengt fokussierte er in die Ferne, kniff die Augen zusammen und sah, wie Irina ihn fassungslos ansah.

»Hier«, rief sie und stürzte erneut auf ihn zu. Sie drehte die Verpackung in seinen Händen und tippte auf eine Stelle am Dosenrand. Erich schüttelte den Kopf. Irina schnaubte und rannte zurück in die Küche.

»Der Fisch ist vor zwei Jahren abgelaufen«, rief sie, »wenn du den isst, dann …«

Irinas Stimme erstarb in einem Gepolter von Konservendosen.

Erich tastete die Dose ab und suchte nach dem Öffnungsmechanismus. Doch er fand ihn nicht. Wahrscheinlich hatte er sie deshalb immer wieder zurück ins Regal gestellt und schließlich dort vergessen.

Erich hörte ein spitzes Kieksen aus der Küche, stellte die Dose auf den Beistelltisch, fuhr sich mit den Fingern unter die Brille und knetete seine müden Augen. Seit einiger Zeit fühlte er sie wie zwei Fremdkörper in seinem Kopf. Mal tränten sie so stark, dass er morgens mit verkrusteten Lidern aufwachte, mal waren sie so trocken, dass er sie geschlossen kaum bewegen konnte. Auch das Lesen der morgendlichen Zeitung machte ihm zunehmend Mühe. Als er die schmerzenden Augen öffnete, stand Irina wieder vor ihm.

»Und was ist das? Wolltest du das auch nicht mehr essen?«

Irina hielt ihm einen Topf mit Pellkartoffeln entgegen. Dass es Pellkartoffeln waren, wusste Erich, auch wenn sie nicht mehr zu erkennen waren. Er hatte sie selbst gekocht, vor einer Woche, vielleicht auch zwei, dachte er. Jetzt bedeckte sie ein Teppich, weißgrün und moosig.

»Interessant«, sagte er, »sieht aus wie in der Tundra, nur im Kleinformat.«

»Das ist nicht komisch.« Mit schnellen Schritten ging Irina zurück in die Küche und pfefferte den Topf samt Inhalt sowie alle als verdorben entlarvten Lebensmittel in einen Müllsack.

»Und das hier, was ist das?«

Erich versuchte aufzustehen. Er wusste, was sie entdeckt hatte, und wollte das Schlimmste verhindern. Seine Arme waren zu schwach, um das Gewicht seines Körpers in den Stand zu drücken. Daran hatte er sich gewöhnt. Also schlug er sich mit den flachen Händen zweifach auf die Oberschenkel, als wollte er sagen: *Jetzt seid ihr dran, aufgewacht.* Erich lehnte sich, so weit es eben ging, im Sessel nach hinten und nutzte den Schwung, um die Kraft seiner Beine zu verstärken. Dabei schwang er den rechten Arm wie ein Pendel nach vorn. In seinem Kopf wummerte ein Presslufthammer.

Im Stand versuchte er den Rücken zu straffen und ein Quäntchen Gleichgewicht herzustellen. Wie der Ausleger eines Krans diente ihm der Schwungarm, um die Richtung zu bestimmen. Schlurfenden Schrittes schob er die Füße samt Pantoffeln über das Parkett in die Küche.

»Halt«, rief er und fuchtelte mit den Händen.

Irina war bereits dabei, das zu entsorgen, um was er gefürchtet hatte.

»Das bleibt hier.«

Erich nahm Irina einen kleinen Blumentopf aus der Hand, aus dem lediglich ein schmaler grüner Stängel mit einem einzigen Blättchen stach. Er stellte ihn zurück zu den anderen Töpfen auf die Fensterbank.

Erst jetzt mit Brille erkannte er, dass er die Pflänzchen nach der Rückkehr aus dem Krankenhaus offenbar zu stark gegossen hatte. Vier Tage hatten seine Bäumchen ohne ihn auskommen müssen, eigentlich sogar fünf, denn er hatte sie am Tag des Unfalls noch nicht gewässert. Nun hatte das Gießwasser die Blumentöpfe mit ihren ausgetrockneten Erdballen zum Überlaufen gebracht, die Fensterbank überschwemmt und tropfte in eine bereits beachtliche Pfütze auf dem Küchenboden.

»Sonst trinken sie mehr.«

Irina ignorierte ihn, griff zum Wischeimer und trocknete den Boden und das bereits aufgeweichte Fensterbrett. Gemeinsam schütteten sie das überschüssige Wasser aus den Pflanztöpfen in die Spüle.